책이 남긴 그 모든
이야기에
사랑과 감사를
전하며

활자 안에서
유영하기

활자 안에서 유영하기

깊고 진하게 확장되는 책 읽기

김겨울 지음

리커버판 서문

《독서의 기쁨》이 세상에 나온 지 6년, 《활자 안에서 유영하기》가 나온 지 5년이 지났다. 짧다면 짧은 시간이겠으나 하루에도 무수히 많은 책이 서점의 매대를 스쳐 지나가는 것을 생각하면 그 나름의 끈질긴 역사를 통과해 온 셈이다. 감사하게도 두 권 모두 독자들에게 꾸준히 읽힌 덕에 절판되지 않고 리커버판까지 내게 되었다. 그러므로 일단 독자 여러분에게 감사를 표해야 할 것이다. 새로운 얼굴과 옷매무새를 만지는 마음으로 깊은 감사를 전한다.

리커버를 결정하게 된 가장 큰 이유는 《독서의 기쁨》과 《활자 안에서 유영하기》를 하나의 세트로 구성하고 싶었기 때문이다. 이 두 권의 책은, 집필 시에는 의도치 않았지만, 하나의 세트로 읽힐 수 있다. 《독서의 기쁨》이 독서라는 행위를 전방위적으로 탐색한다면, 《활자 안에서 유영하기》는 구체적으로 독서가 어디로 뻗어나갈 수 있는지를 지켜본다. 전자가 이론이라면 후자는 실전에 해당한다. 아마 《독서의 기쁨》이 더 많은 사랑을 받은 데에도 이런 영향이 없지 않았을 것이다. 그러나 저자로서 조금 더 마음이 가는 쪽은 《활자 안에서 유영하기》다. 한 권의 책이 사람을 어디로 데려갈 수 있는지를 보여주는 책이어서다.

책이 가치 있는 매체인 이유는 정보를 전달해서가 아니다. 단순한 정보를 전달하는 역할에 그치는 매체에 이토록 절절맬 일이 무에 있을까. 책을 사랑하는 사람들은 책이 거기서 그치지 않는다는 것을 안다. 그들은 책이 다른 사람의 마음을 자신에게 비춰주었다는 것을 안다. 책이 전혀 모르는 곳으로, 혹은 알았다고 생각했지만 사실 몰랐던 곳으로 자신을 데리고 다녔음을 안다. 그래서 비로소 자신에게로 돌아왔을 때 무언가 다른 것을 보게 되었음을 안다. 그러한 과정, 오로지 타인에게서만 들을 수 있는 말에 자신을 맡긴 그 시간에 책의 가치가 있다. 책은 삶이 아니지만, 삶에 가까운 무엇이다.

그러므로 한 사람에게 책이 어떤 의미일 수 있는지 이 두 권의 책을 통해 잘 전달되기를 바란다. 《독서의 기쁨》은 미숙했던 시절의 첫 책이고 《활자 안에서 유영하기》는 연달아 출간한 두 번째 책이지만, 적어도 그러한 소기의 목적은 달성했다고 말할 수 있다.

2023년 출간한 《겨울의 언어》의 저자 소개는 이런 문장으로 마무리된다. "텍스트 속 타자들을 통해 조금씩 변해왔으므로 자신을 '텍스트가 길러낸 자식'으로 여겨도 제법 정당할 것이라고 여긴다." 《독서의 기쁨》 출간으로부터 수년이 흘렀지만 책이라는 매체에 대한 생각에는 지금도 큰 변함이 없다. 시간이 흐를수록 이러한 생각은 더 체계를 갖추고 자리를 잡는다. 물론 책은 무조건 신성한 존재가 아니며 또한 세상을 채점하는 유일한 정답지도 아니다. 오히려 그렇기 때문에, 책이 우리와 함께 뒹구는 흙 묻은 무엇일 수 있기 때문에, 우리는 그 사이에서 땅을 더듬으며 조금씩 달라질 수 있다고 말하는 것이다.

두 권의 책이 나온 후의 여러 해 동안 나에게도 변화가 있었다. 《독서의 기쁨》에서 철학의 추상성을 기뻐하고 《활자 안에서 유영하기》에서 두 세계 사이에서 헤매고 있다고 말했던 나는 결국 철학과 대학원에 입학했다. 하루 종일 텍스트를 함께 읽고 질문하고 답하고 생각한다. 그렇게 생각하면 하나도 변하지 않은 것도 같다. 하지만 그 텍스트들 역시 나를 어디론가 새로운 곳으로 데려가고 있음을 안다. 다시 여러 해가 지나고 나면 내가 어디에 도달했는지 말할 수 있게 될 것이다.

책을 쓰는 것은 못내 부끄러운 일이다. 책에 저자의 결함이 행간에 묻어 있다는 점에서 그렇고, 그 결함을 알면서도 사람들에게 끝내 책을 위한 시간을 요구하기로 결정했다는 점에서 그러하다. 결함이 묻어 있든지 말든지 간에 책만 내면 그만이라는 사람들도 있는 모양이지만, 쓰는 자의 첫 번째 미덕이 성실함이라면 두 번째 미덕은 부끄러움이라고 나는 여전히 믿는다. 그래서 이 두 권의 책은 20대에 연달아 책을 낼 수 있었던 기쁨인 동시에 20대의 부족한 글이 박제된 부끄러움이다. 하지만 그때만 가질 수 있었던 당당함과 간절함이 결함을 슬쩍 가려줄 수 있기를 희망해본다.

여전히 그 모든 책에 존경과 사랑을 바친다.

2024년 봄 김겨울

서문

부서지고 있는 것은 파괴될 수 없다. 내가 버틸 수 있었던 것은 그 때문이다. 나는 메말라 부서지는 삶의 표층과 그 부스러기들을 손가락으로 매만져가며 시간을 보냈다. 파괴된 도시를 복구하는 데 많은 자원이 들듯, 인간의 정신 역시 부식되고 나면 제 모습을 갖추는 데 오랜 시간이 필요하다. 계속 진행되는 부식의 속도를 늦추고, 먼지를 가라앉히고, 땅을 굳히는 작업은 쉬이 진척을 보이지 않는다. 그러나 파괴되지 않으면서 부서지지 않기 위해서는 어찌 되었든 삶을 기반 위에 올려놓아야 한다.

나는 책이라는 기반 위에 삶의 터를 잡을 일을 생각한다. 어쨌든 나에게는 그것밖에 없기 때문이다. 부서져 망가지는 속에서 남이 쓴 글과 내가 읽은 글이 나를 만들었다. 남이 쓴 글이 나의 삶 어디에 자리를 잡았는지에 대한 기록이 이 책이다. 남이 쓴 글로 내가 살 수 있었기 때문에, 내가 쓴 글이 다른 이에게 남이 쓴 글로 다가가서 다시 그의 삶이 되었으면 좋겠다고 생각한다. 이것이 차마 오만하거나 무리한 바람일지라도, 이 책에서 다루고 있는 소설들의 광휘가 나의 부족한 글을 대신하리라 믿으며 썼다.

전작 《독서의 기쁨》은 독서 전반에 대해 일기처럼, 농담처럼, 연서처럼 쓴 책이지만, 이번 책에서는 한 걸음 나아가 네 편의 소설을 진지하고 차분하게 감상한다. 임레 케르테스의 《운명》, 메리 셸리의 《프랑켄슈타인》, 가브리엘 가르시아 마르케스의 《백년의 고독》, 테드 창의 《당신 인생의 이야기》다. 본능에 가까운 이끌림으로 선택한 책들에 대해 실컷 이야기하고 나서야, 나는 이 각각의 책들이 인간이 처한 조건 중 일부를 다루고 있음을 깨달았다. 운명, 고독, 시간, 상상이라는 조건이다. 공간을 점유하고 있는 몸에 따른 **고독**, 그 몸을 가지고 통과할 수밖에 없는 **시간**, 그 안에서 만들어 가야만 하는 **운명**, 그리고 삶에서 탈출하려는 혹은 변화시키려는 **상상**이라는 조건들은 비단 나에게만 주어진 것들은 아닐 테다. 물론 네 편의 소설을 이러한 키워드로 읽은 것은 지극히 개인적인 독서 경험이며, 다른 독자들에게는 이 소설들이 훨씬 더 풍요롭게 다가갈 수 있을 것이다.

이것은 일종의 독서 노트이지만, 책에 대한 감상에서 그치지 않고 한 권의 책에서 가지를 뻗어 여러 이야기를 했다. 《운명》을 다룰 때는 나치에 대해서도 썼고, 《프랑켄슈타인》을 이야기할 때는 메리 셸리의 어머니인 메리 울스턴크래프트의 《여성의 권리 옹호》도 다뤘다. 《백년의 고독》을 이야기할 때는 시간에 대하여 썼고, 마르쿠스 아우렐리우스의 《명상록》도 다뤘다. 《당신 인생의 이야기》에서는 앞서 다룬 인간의 한계들을 뛰어넘으려는 상상에 관해 이야기했다.

하고 싶은 이야기를 해보자, 라는 마음으로 쓰기 시작한 책은 완성되어 가면서 그 스스로 목표를 빚어냈다. 좋아하는 소설을 소개하고 그 소설이 어디까지 달려 나갈 수 있는지 보여주는 일, 생각의 지도를 함께 그려보는 일, 그것이 다시 삶의 어떤 자리에 자리를 잡는지 지켜보는 일, 그래서 조금이나마 쓴 사람과 읽는 사람에게 다시금 새로운 생각의 싹을 틔우는 일. 독자 여러분은 이 탐색의 기록을 읽으며 하나의 생각이 어떻게 가지를 치고 다른 책으로 연결되는지, 책이 한 인간을 어디로 달리게 했는지 볼 수 있을 것이다.

따라서 이 독서 노트를 이용하는 방법은 간단하다. 목차에 있는 네 권의 책을 먼저 읽고 나서 읽거나, 이 책을 먼저 읽고 나서 네 권의 책을 읽는 것이다. 아니면 한 권씩 읽고 해당하는 장을 읽을 수도 있다. 이 책을 읽은 사람이 이 책이 뻗어 보인 가지들에서 시작해 새로운 가지들을 뻗어 볼 수 있다면, 그렇게 가지를 뻗고 뻗어 나가 수없이 많은 이야기를 만나고 새로운 생각을 하게 된다면 이 책의 소임은 다 한 것이다. 이 책이 여러분의 종착역이 아니라 시작점이 되기를 바란다.

어쩌다 보니 책을 이야기하는 일을 업의 목록에 추가하게 되었으나 나는 어디까지나 일개 독자다. 매주 영상을 만들며 불안해하고, 걱정하고, 공부하고, 말을 삼키며 보냈던 시간을 이 책으로 조금 변명하고 싶다. 턱없이 부족한 지식으로 이만큼 올 수 있었던 것도 기적이다. 잔뜩 쌓인 기대를 앞에 두고, 비로소 이 책으로 부담을 내려놓는다. 내가 별것 아닌 일개 독자라는 사실을 이제는 모두 알아주었으면 한다. 일개 독자도 책을 읽을 수 있고, 느낄 수 있고, 이야기할 수 있으며, 그것이야말로 책의 축복이다.

다만 인류 공동의 자원을 함부로 낭비할 수는 없으므로, 종이에 찍혀 나올 활자는 내 몸 밖에 있는 것이기를 바랐다. 꿈이 이뤄지는 것이 꿈이라는 이야기를 하고 싶지는 않았다. 아는 것만 줄줄이 늘어놓는 지식 자랑을 하고 싶지도 않았다. 무자비한 자기연민으로 독자를 질식시키고 싶지도 않았다. 그 세 가지 모두 탁월한 수준에 이르면 그 자체로 훌륭한 작품이겠으나, 셋 중 어느 것도 성취할 자신이 없었으므로 내가 책과 나눈 소박한 대화를 최선을 다해 옮겨 적는 것이 내가 할 수 있는 최선이라고 믿었다. 그 과업을 잘 수행해 냈는지 판단할 사람은 내가 아닌 독자다. 오금이 저릴 정도로 두려운 일이지만 그게 글 쓰는 이의 숙명이므로 이제 두 번째 책을 내는 초보 작가는 눈을 질끈 감고 원고를 넘긴다. 더 나은 사람이 되면 더 나은 책을 쓸 수 있을까. 결국 책도 삶이 있어야만 있는 것인데.

어느 시절 가슴을 치며 읽었던 책들을 다시 꺼내 보고, 저자의 다른 작품을 다시 읽고, 관련된 자료를 수십 권씩 찾고, 읽고, 생각하고, 쓰는 과정은 즐거운 만큼 고통스러웠다고 고백하고 싶다. 어디까지 읽어내고 어디까지 드러낼지 고민하는 과정은 생각보다 고됐다. 그러나 이 책이 아주 적은 사람들에게라도 가닿을 일을 생각하며, 우리는 모두 까마득히 다른 세계에 살지만 이따금 언어의 지평 위에서 만날 수 있다는 믿음, 내가 느낀 것을 다른 이도 느낄 수 있고, 그래서 아주 가끔 외롭지 않을 수 있다는 믿음으로 끝내 읽고 쓴다.

다른 이의 글로 내가 먹고 사는 일의 쑥스러움을 생각한다. 실로 많은 이들에게 빚지고 있다. 빚을 갚겠다는 마음으로 글을 썼으나 이것이 또 다른 빚이 될지도 모르는 일이다. 우리가 서로의 빚을 갚을 수만 있다면 세상은 조금 덜 슬플 테지만, 어쩌랴, 우리를 세상에 엮는 것 역시 결국은 서로에 대한 빚일 뿐이다. 내가 빚진 모든 이에게 몇 글자를 바친다.

2019년 김겨울

차례

세 번째 노트
시간

네 번째 노트
상상

첫 번째 노트

운명

© 김겨울

우리는 인생의 그 어떤 부분도 피해 갈 수 없다. 우리의 삶은 영화가 아니다. 기승전결을 갖춘 소설이 아니다. 잘 편집되고 이야기로 조직된 매끈한 무엇이 아니다. 우리는 기어이 1초, 1초를 온몸으로 통과해야 한다. 가장 행복한 1초든, 가장 고통스러운 1초든 우리가 겪어내야 하는 시간은 같다. 그것은 때로 지루하고 자주 고생스럽다. 그러나 그 어떤 1초도 다른 이에게 의탁할 수 없다. 처음부터 끝까지, 과거의 1초도 미래의 1초도 나의 몫이며, 나의 몫이어야만 한다. 그 온몸으로 밀어내는 시간이 층층이 쌓여 '나'라는 인간을 만들어내기 때문이다.

이어지는 삶,《운명》

인간은 늘 변하고, 그러므로 인생의 책은 어떤 시기를 지나고 나면 의미를 상실한다. 그러나 의미를 상실한 후에도 그 책은 읽은 이의 몸 구석구석에 남아 생명을 유지한다. 그것이 짐작건대 책이 대를 이어 영원히 살아남는 방식이다. 나에게도 그런 식으로 생명의 일부를 의탁한 몇 권의 책이 있다. 나 역시 그들에게 내 생명의 일부를 의탁하고 있다. 이미 닳도록 읽어 더는 들춰보지 않지만 이미 삶의 방식이 된 책들. 그 목록을 꼽는다면 이 책이 빠질 수 없을 것이다. 임레 케르테스의 책《운명》이다.

이 소설의 클라이맥스는 마지막 십여 페이지다. 이 십여 페이지를 읽기 위해 우리는 앞의 삼백여 페이지를 끈질기고 끈질기게 읽어내야 한다. 이것은 독서라기보다는 '함께 살아내는' 행위에 가깝다. 페이지마다 통증이 골수에 사무치는 듯하다. 책을 읽으며 우리는 주인공과 함께 고통스러운 두 해를 산다. 물론 이 경험은 한참 주인공만 못할 테다. 우리는 어디까지나 겸허한 간접 체험자로서 주인공을 지켜본다. 다 살고 나면, 부족하나마 주인공과 살아온 독자들이 그 오랜 시간 동안 자신이 도대체 무엇을 한 것인지 비로소 알게 된다. 그리고 그 깨달음은 오로지 앞의 페이지를 한 장 한 장 성실히 넘겼던 사람에게만 진실로 다가온다.

임레 케르테스의 《운명》은 저자인 임레 케르테스가 소년 시절 나치의 유대인 수용소에 끌려갔던 경험을 바탕으로 쓴 자전적 소설이다. 원제는 《Sorstalansag》, 영어로는 《Fateless》라는 제목으로 출간되었다. 둘 다 한국어로 직역하면 '운명 없음'이라는 말이다. 《운명》을 비롯해 《태어나지 않은 아이를 위한 기도》, 《좌절》, 《청산》까지 총 네 권을 묶어 보통 '운명 4부작'이라고 부른다. 원래는 《좌절》까지의 세 권을 '운명 3부작'이라고 불렀는데, 임레 케르테스가 2002년 노벨문학상을 받은 후 《청산》을 출간하면서 총 네 권의 책이 되었다. 네 권 모두 홀로코스트에 대한 책이다.

한림원은 2002년 임레 케르테스를 노벨문학상 수상자로 선정한 이유를 다음과 같이 밝혔다. "역사의 야만적인 독단에 대항한 개인의 손상되기 쉬운 경험을 지켜냈다." 역사의 야만적인 독단이란 홀로코스트를 지칭하고, 개인의 손상되기 쉬운 경험이란 홀로코스트의 한복판에 있었던 저자의 경험을 의미한다. 임레 케르테스는 홀로코스트로부터 살아남고, 자신이 겪은 일들을 소설로 써냄으로써 인간이 이 비극적인 역사를 문학으로 보존할 기회를 제공했다.

아주 구체적이고 자세한 부분까지 살아있는 이 소설을 읽고 있으면 왜 한림원이 "손상되기 쉬운 경험"이라는 말을 썼는지 알게 된다. 끔찍한 기억을 은폐하고 밀어내는 것이 뇌의 본능이기에 최선을 다해 살려내지 않으면 그 기억은 숨을 곳을 찾아 들어가기 때문이다. 아우슈비츠 수용소의 굴뚝에서 피어오르던 연기, 기차의 문이 열렸을 때 눈으로 들이닥치던 햇빛, 양배추와 무가 들어간 수프의 쓴 냄새, 무릎에 멘 붕대를 헤쳤을 때 피부 위로 우글거리던 벌레의 간지러움, 수용소로 가게 될 줄도 모르고 줄을 서서 대기하던 친구들의 깔깔대는 소리.

그래서일까. 임레 케르테스가 첫 책《운명》을 완성하는 데는 13년이 걸렸다. 그가 이 책을 쓰기 시작한 것은 1960년, 만으로 서른하나가 되던 해다. 1965년에 처음 완성을 했으나 출간하지 못하고, 마흔셋이 된 1973년까지 고치고 또 고쳐가며 이 책을 완성한다. 그 13년의 세월을 상상해 본다. 겨우 열다섯 살 때의 끔찍한 기억이 그에게 십수 년간 머물다가, 마침내 소설로 꿈틀거리고, 그 소설을 붙잡고 있는 13년의 시간 동안 그에게 처음부터 끝까지 다시 새겨졌을 것을 생각한다. 그 사이 공장에서 노동하고, 일간지에서 편집인을 하고, 여러 철학가의 작품을 헝가리어로 번역을 했을 매일의 일상을 생각한다. 소설을 쓰면서 단 한 순간도 아우슈비츠를 잊을 수 없었다던 그는 매일 잠을 자고, 밥을 먹고, 샤워를 하고, 일을 하는 그 사이의 빈 순간마다 수용소의 천장을 떠올렸을까.

1944년, 나치가 유대인 절멸 정책을 펼치던 때 소년 케르테스는 수용소로 끌려갔다. 나이를 묻는 말에 열여섯 살이라고 거짓말을 해 죽음을 면했다. 헝가리 출신이었던 그는 일 년여 뒤 부다페스트로 돌아올 때까지 폴란드 아우슈비츠, 독일 부헨발트, 독일 차이츠 수용소를 거쳤다. 이 과정은 《운명》에도 그대로 등장한다. 주인공 죄르지 쾨베시의 이야기다.

열네 살, 막 학교에 다니기 시작한 죄르지는 변해가는 사회의 분위기를 감지한다. 이미 아버지를 수용소로 떠나보낸 뒤였다. 노란색 별 문장을 차고 다니도록 강요받았고, 식량 배급을 주는 상점 주인은 대놓고 자신을 싫어했다. 김나지움(독일의 국립 중등학교)이 방학을 맞이하자 징집 통지서가 날아왔고, 죄르지는 정유 공장으로 출근하기 시작한다. 여느 때처럼 출근하던 어느 날, 죄르지는 영문도 모른 채 친구들과 벽돌 공장으로 끌려갔다가 5일 뒤에는 아우슈비츠로 이송된다. 부적격 판정을 받은 사람들은 가스로 살해되고 적격 판정을 받은 사람들은 죄수가 되는 곳. 사흘 뒤 죄르지는 다시 부헨발트 수용소로 옮겨진다. 진창에 빠지는 나무 신발에 다리가 베고 몸에는 옴이 올랐다. 참기 힘든 허기, 고된 노동과 구타가 몸을 잠식했다. 해골에 가까운 몰골로 하루하루를 버티던 죄르지는 다시 화물차 짐칸에 실려 차이츠 수용소의 병원으로 옮겨진다. 병원에서 지내던 중 나치가 패망하고, 죄르지는 헝가리로 돌아온다.

《운명》은 때로는 일기장처럼, 때로는 르포르타주처

럼 강제수용소 생활을 따라간다. 강제수용소의 생활을 기록한 많은 책 중에서도 소년의 시점으로 이렇게 꼼꼼하게 기록한 책은 많지 않다. 케르테스는 이 소설이 자기 경험을 쓴 전기가 아니라고 이야기했지만 상당 부분 그의 경험에 기초했으리라는 짐작을 해볼 수 있다. 1948년 김나지움 졸업 후 기자로 일하다가 1953년부터는 자유기고가로 일했던 그에게 글이란 늘 자신에게 붙어있는 존재였을 테고, "새 작품을 구상할 때마다 아우슈비츠 외에 다른 것을 떠올릴 수 없었다."는 그에게 아우슈비츠란 그를 구성하는 일부였을 테다.

이 소설이 빛나는 이유는 이 소설이 읽기 힘든 이유와 정확히 같다. 죄르지가 담담하기 때문이다. 가장 끔찍한 일들을 가장 차분하게 설명하기 때문이다. 바로 옆 굴뚝에서 올라오는 연기가 가죽 공장의 연기가 아니라 인간 가죽 공장의 연기라는 사실을, 자기 무릎에 생긴 종기를 마취 없이 찢고 고름을 짜는 이야기를, 담담하고 꼼꼼하게 이야기하기 때문이다. 그러고는 그 모든 것이 단계라고, 그 단계를 한꺼번에 거칠 수는 없고 게다가 그 모든 단계는 단순히 오기만 하는 게 아니라고, 각자도 그 단계로 나아간다고 슈타이너 씨와 플라이쉬만 씨에게 — 그리고 독자에게 — 말하고 있는 것이다.

그것이 아마도 죄르지가 알아낸 삶의 본질이라고 나는 생각하고 있다.

우리는 인생의 그 어떤 부분도 피해 갈 수 없다. 우리의 삶은 영화가 아니다. 기승전결을 갖춘 소설이 아니다. 잘 편집되고 이야기로 조직된 매끈한 무엇이 아니다. 우리는 기어이 1초, 1초를 온몸으로 통과해야 한다. 가장 행복한 1초든, 가장 고통스러운 1초든 우리가 겪어내야 하는 시간은 같다. 그것은 때로 지루하고 자주 고생스럽다. 그러나 그 어떤 1초도 다른 이에게 의탁할 수 없다. 처음부터 끝까지, 과거의 1초도 미래의 1초도 나의 몫이며, 나의 몫이어야만 한다. 그 온몸으로 밀어내는 시간이 층층이 쌓여 '나'라는 인간을 만들어내기 때문이다. 인생에는 그것 외에 다른 방식이 있을 수 없다. 그 과정에 고통스러운 상처가 있을지언정 없었던 셈 치고 새로운 인생을 살 수는 없다. 그 상처를 가진 내가 여기 있다. 이것이 죄르지가 알아낸 삶의 본질이다.

그리고 아마도 그것이 혹은 내가 숙주로 삼아 — 혹은 나를 숙주로 하여 — 살아있는 이 책의 생명이다.

열다섯 살의 케르테스가 이렇게 생각하지는 않았을 테다. 그 누구도 열다섯 살에 아우슈비츠로 끌려가 담담하게 지낼 수는 없다. 이 소설은 저자가 수십 년 동안 삼키고 삼켜 마침내 글의 형태로 빚어낸 고통이다. 임레는 아마도 전쟁이 끝난 후의 삶을 살아내면서, 강제수용소의 기억이 결코 그에게서 지워질 수 없는 것임을 알았을 것이다. 고통의 흔적을 아무 일도 없었다는 듯 걷어내고 살 수 없다는 것을 뼈저리고 뼈저리게 느꼈을 것이다.

열여섯 살 때 이 책을 처음 읽었다. 케르테스의 후속작들을 읽었음에도 나에게 이 책만큼의 의미를 지니지 못한 이유는 그 때문이리라 짐작한다. 나이가 비슷한 주인공에게 나는 아주 쉽게 이입할 수 있었다. 죄르지의 무지함, 아직은 작은 몸, 형성되지도 않은 정체성, 그 어지러운 와중에도 견뎌야 하는 고통이 친숙하고도 슬프게, 그러나 강렬하게 마음의 정중앙을 뚫고 들어왔다.

죄르지는 열다섯 살이었고, 유대인이라는 정체성을 자각하지도 못한 상태였다. 히브리어도 몰랐고, 유대교를 믿지도 않았다. 그는 왜 고통을 받는지도 모르는 상태로 고통을 견뎠다. 납득되지 않은 경험을 한 사람은 그 경험이 못내 시간에 버티지 못하고 흐려질 때까지 그 속에서 살도록 내던져진다. 이것은 선택의 문제가 아니다. 이미 시간은 그에게 멈춘 것이다. 몇 번이고 최악의 순간에 끌려가며, 이 반복되는 고통이 끝나지 않으리라는 불행한 확신에 사로잡힌다. 때로는 이 확신으로부터 탈출하는 것만으로도 인생의 상당한 시간을 소진해야 한다. 죄르지와 케르테스가 이 불행한 확신을 공유하고 있었다면 이 소설을 쓴 13년의 세월이 그 탈출의 시간이지 않았을까. 아니, 탈출이라는 말보다는 인정이라는 말이 더 어울릴까.

헝가리로 돌아온 죄르지는 이야기한다. 그 끔찍한 일들을 잊어야 앞으로 나아갈 수 있다고 말하는 두 노인에게, 자신은 그 끔찍한 일들을 전혀 느끼지 못했다고.

> 모든 사람은 자신이 할 수 있는 한에서 각자의 단계를 거친다. 나 역시 마찬가지였다. 아우슈비츠에서 줄을 맞춰 서 있었을 때뿐 아니라 집에서도 그런 단계들을 거쳤다. (…) 다른 피란 없다. 다만 주어진 상황과 그 안에서 새롭게 주어지는 여건들이 있을 뿐이다. 나도 주어진 운명을 겪어냈다. 비록 그

것이 나의 운명은 아니었지만, 나는 그것을 버텨냈다. (…) 나는 계속 설명했다. 새로운 삶이란 없고, 언제나 예전의 삶을 계속 이어갈 뿐이라고. 나는 누구도 대신 걸어가 줄 수 없는 나의 길을 걸었다. 그것도 단정한 태도로 걸었다고 감히 주장할 수 있다.

— 임레 케르테스, 《운명》, 박종대 모명숙 옮김, 다른우리 출판사, 288-289p

그러니 죄르지와 케르테스에게는 사실 탈출이라는 선택지가 없었을는지도 모른다. 이 고통이 끝나지 않으리라는 확신을 차라리 인정하고 받아들이며, 그것마저도 하나의 단계로 끌어안는 태도만이 그들을 살게 해준 유일한 원동력이었을는지 모른다.

이 부분을 읽을 때마다 **베토벤**을 떠올린다. 운명을 대하는 베토벤의 태도는 죄르지의 그것과는 판이하다. “운명과 싸우는 수밖에 없다고 생각하면서도, 나 자신이 피조물 중 가장 불쌍한 존재로 여겨지곤 하네. (…) 운명이라는 놈의 목덜미를 졸라버리겠네. 운명은 결코 나를 꺾지 못해.” 베토벤에게 운명은 자신의 삶을 죄어오는 감옥 같은 느낌이었을까. 귀가 먼 그는 운명의 목을 조르겠다고 썼다. 도피하거나 비난하지 않고, 맞서 싸우겠다고 다짐했다.

그의 이런 강렬한 다짐 역시 깊은 절망에 뿌리를 두고 있다. 잘 알려져 있듯 소리를 듣지 못하는 음악가의 절망이다. 베토벤은 이미 작곡가와 연주가로 이름을 날리던 1796년경에 급속도로 청력을 잃기 시작한다. 나중에 밝혀진 원인은 납중독이었으나 그 당시로서는 원인을 밝혀낼 수도 치료를 할 수도 없었다. 베토벤은 점점 나빠지는 청력을 회복하기 위해 1802년 하일리겐슈타트로 요양하러 간다. 거기서 쓴 유서가 지금도 전해진다.

아아, 나에게 주어진 것과 느끼고 있는 일을 완성하지 못하고 세상을 떠난다는 것은 나로서는 못 할 노릇으로 생각되었다. 그래서 나는 이 비참한 목숨을 이어왔고, 조그만 변화로도 최선의 상태에서 최악의 상태로 떨어질 만큼 민감한 내 육체를 이끌고 온 것이다! (…)

나의 상태가 좋아지든 악화하든 각오는 되어 있다. 28세에 벌써 체념하는 인간이 된다는 것은 쉬운 일이 아니다. 그것은 예술가에게 있어서는 다른 사람에게 있어서보다 훨씬 견디기 힘든 일이다.

> 오오, 사람들이여, 어느 날 당신들이 이것을 읽게 되면 당신들이 나에게 얼마나 부당한 짓을 했는가 생각해 보라. 또 불행한 사람들은, 자기와 똑같은 어떤 불행한 사람이 자연의 모든 장애에도 불구하고 예술가나 선택된 사람들의 대열에 끼기 위해 온 힘을 기울였다는 것을 알고 스스로를 위안하는 것이 좋을 것이다.
>
> — 베토벤, 《하일리겐슈타트 유서》 中[◘]

이것은 유서였으나 실은 음악을 포기하지 않겠다는 다짐이었고, 다짐대로 그의 위대한 작품 중 상당수가 귀가 먼 후에 탄생했다. 그래서인지 그의 곡에서는 절망 앞에서도 음악, 오로지 음악에 몸을 던지겠다는 굳건하고도 강렬한 의지가 느껴진다.

죄르지와 베토벤이 운명을 두고 취한 태도는 정반대인 것처럼 보인다. 끌어안거나 싸우거나. 삶의 모든 단계를 인정하거나 끝까지 멱살을 잡고 흔들거나. 그러나 이 두 가지는 실은 같은 게 아닌가. 주어진 상황을 받아

◘ 로맹 롤랑, 《베토벤 생애와 음악》(범우사)에서 재인용

들이고 새로 주어지는 상황을 어떻게든 내 것으로 만들어보겠다는 태도는 둘 모두에게 있다. 죄르지가 마침내 계시처럼 입에 떠올린 말, '나 자신이 곧 운명'이라는 말은 그런 뜻이다. 죄르지는 단순히 삶의 불행한 조건들을 무조건 받아들이라고 말한 게 아니었다. 그는 "그냥 내 탓이 아니오, 라고 주장하는 이 씁쓰레한 어리석음을 그냥 아무렇지도 않게 받아들일 수는 없다는 점을 이해해 달라고 거의 간청하다시피 말했다."[◘] 결국은 모든 단계가 "기만한 것이 아니라 우리도 그리로 갔다"[◘◘]는 것. 그러므로 운명이 고통을 주거든 기꺼이 끌어안고 싸워야 한다는 것.

나는 죄르지의 깨달음이 단순히 무기력에 빠진 결정론이나 세상을 바꿀 담대함을 결여한 체념이라고 생각하지 않는다. 죄르지가 깨달은 것은 가장 단순한 삶의 원리다. 죄르지는 종교나, 신, 도덕, 진리와 같은 형이상학적인 존재에 자신의 삶을 의탁하지 않고 모든 일을 처음부터 끝까지 겪었다. 죽음을 향해 도피하려 하

◘ 임레 케르테스, 《운명》, 박종대·모명숙 옮김, 다른우리 출판사, 290p

◘◘ 임레 케르테스, 《운명》, 박종대·모명숙 옮김, 다른우리 출판사, 286p

지도 않았다. 심지어 그 여정을 '단정히 걸었다'고 말한다. 죄르지가 유일하게 의탁한 대상이 있다면 그것은 삶 그 자체다.

삶에 질식하는 인간에게 구원이란 있는지 묻는다. 사랑이, 예술이, 종교가 인간의 구원일 수 있는지 묻는다. 자신이 아닌 다른 존재에게 구원을 맡긴다면 그는 그 존재가 흔들릴 때마다 나락으로 추락하거나 어떻게든 그 존재를 구원자로 남겨두기 위해 어리석은 일을 할 것이다. 그렇다면 인간은 무엇을 바랄 수 있는가. 우리가 할 수 있는 것은 아마도 매일의 삶을 기꺼이 살아내

© 김겨울

는 것, 절망 속에서 절망을 나의 일부로 만들어버리는 것, 그래서 단계를 거치며 기어이 조금씩 나아가는 것이지 않을까. 죄르지와 베토벤이 그랬던 것처럼.

우연의 세계, 필연의 세계

우리는 운명이라는 말을 보통 '정해진 미래'라는 의미로 사용한다. 국어사전만 찾아봐도, 운명이란 '1. 인간을 포함한 모든 것을 지배하는 초인간적인 힘. 또는 그것에 의하여 **이미 정하여져 있는** 목숨이나 처지', '2. 앞으로의 생사나 존망에 관한 처지'를 의미한다. 1번을 택하는 사람들은 모든 일이 정해진 필연의 세계에 사는 사람들이다. 반대로 우연의 세계에 사는 사람들은 운명이라는 말을 2번의 의미로 사용할 것이다. 둘 중 어느 의미가 옳은지는 알 수 없다. 그것은 인간 능력 밖에 있는 일이다. 그러나 둘 중 어느 의미를 고르는지를 보고 그 사람이 지닌 (선택 당시의) 세계관을 짐작해 볼 수는 있을 것 같다.

필연의 세계에서 개별 인간이 하는 일은 정해진 경

로를 따라간다. 세계를 관장하는 어떤 큰 질서가 그물망처럼 얽힌 세상의 관계를 조정하고, 부딪히게 만들고, 분리한다. 자유의지로 결정을 내리는 것처럼 보이더라도 실제로는 그렇게 선택할 수밖에 없도록 상황과 기질이 정해진다. 주어지는 여건과 태도가 한 인간의 삶을 결정한다고 할 때, 여건과 태도 모두 이미 정해져 있으므로 결과 역시 정해져 있다. 세계의 질서가 정립되어 있으므로 역사적 사건들도 필연의 결과, 혹은 법칙이다.

우연의 세계에서 개별 인간이 하는 일은 순전히 무작위적으로 이루어진다. 개별 인간의 기질과 환경이 그의 태도를 만들고, 기질과 환경 모두 무작위로 주어진다. 그러므로 우연의 세계에서 운명, 팔자 같은 말은 존재하지도 않거나, 아주 상상적인 어떤 것으로만 존재한다. 이곳에서 필연으로 존재하는 유일한 것이 있다면 과학 법칙 정도다. (양자역학에서는 과학의 필연성마저도 붕괴한다는 소식을 들었지만, 우리가 사는 세계에는 큰 영향이 없으므로 일단은 무시하자.) 여기서 일어나는 일들은 선택의 결과다.

누군가는 완전한 필연의 세계를, 누군가는 완전한

우연의 세계를 견디지 못한다. 우리는 모두 이 두 세계의 어딘가에서 살고 있다. 유일신을 믿고, 사주를 보고, '팔자'라는 말을 쓰면서도 자신의 노력 여하에 따라 시험의 결과가, 연애의 결과가, 정치의 결과가 달라질 수 있다고 믿는다. 우리에게 새로운 상황이 주어질 때 — 특히 어떤 극단적인 고통이 주어질 때 — 현재 어디쯤 자리 잡고 있는지에 따라 이를 해석하고 받아들이는 태도가 달라진다. 때에 따라서는 위치를 조금 변경하는 일이 벌어지기도 한다.

《운명》에는 필연을 믿는 사람들이 등장한다. 그중에는 죄르지가 수용소에 끌려가기 전 친하게 지내던 안나 마리아와, 그들과 친했던 윗집 사는 자매도 있다. 윗집 자매 역시 유대인이었기에 사람들로부터 경멸받았고, 그중 언니는 이 경멸의 정체를 궁금해했다. 고통을 받는 사람들은 종종 그 고통으로부터 의미를 추출하고 싶어 한다. 그녀 역시 그랬다. 사람들이 단순히 자신(을 포함한 유대인)을 그렇게 싫어할 리가 없다고, 이건 분명히 어떤 이유 때문이라고, 그리고 그것은 정말로 유대인에게 다른 사람들과는 다른 특별한 무언가가 있기 때문이라고 믿기 시작한 것이다.

한편 안나마리아는 죄르지에게 '필연'이라는 단어를 사용한다. 그것은 감정의 끌림이 주는 믿음이다. 안나마리아와 죄르지는 우연한 계기로 서로에게 친구 이상의 감정을 느끼고, 안나마리아는 이를 두고 "이건 분명히 필연이야."라고 말한다. 사랑에 빠지는 모든 사람은 자신의 인연이 필연이라고 믿고 싶어지니까. 말하자면 안나마리아와 윗집 자매들은 필연의 세계 시민이다.

하지만 죄르지의 생각은 달랐다. 죄르지는 윗집 자매 중 언니에게 톨스토이의 《왕자와 거지》를 예로 들며, 유대인과 다른 사람들은 본질적으로 다른 바가 없고, 다른 게 있다면 겉에 노란색 별을 달고 있느냐 아니냐의 차이일 뿐이라고 말한다. 얼굴이 같은 두 사람이 왕자 옷을 입느냐 거지 옷을 입느냐에 따라 대우가 달라지는 것처럼 말이다. 죄르지는 우연의 세계 시민이었고, 그녀는 이런 말들을 받아들일 수 없었다. 그녀가 고통을 견딜 수 있었던 이유는 그 고통으로부터 그나마 자부심을 느끼기 때문이었다. 그런데 그게 모두 허상이고, 우연이고, 어쩌다 보니 벌어진 일이라면 어떻게 이토록 가혹할 수가 있단 말인가. 그녀는 눈물을 터뜨리며 말한다. "그게 우리의 본질과 상관없다면, 이 모든 게 그저 순전히 우연일 뿐이겠네. 내가 원래와는 다른 존재일 수도 있다면, 그건 모두 아무런 의미도 없어. 그건 견디기 어려운 생각일 거야."

운명의 전 성분이 필연이라면 그건 위로가 되는 일이다. 내가 할 수 있는 일이 없다는 것, 혹은 해도 소용없다는 것, 더 나아가 어차피 이렇게 될 일이었다는 것은 나의 짐을 덜어준다. 자매 언니는 어리석어서가 아니라 자신을 보호하기 위해서 충분히 납득할 수 있는 가설을 세웠다. 실제로도 나치는 유대인이 근본적으로 다른 인간이라고 선전했고, 나치 지지자들도 그렇게 생각하며 유대인을 배척했으니까. 하지만 다른 한편으로, 인간사의 수많은 불행이 다 예정되어 있다면 그 역시 슬픈 일이다.

이 차이는 기질에서 비롯되는 게 아닐지 생각하곤 한다. 자연스럽게 종교를 믿게 되는 사람들과, 끔찍한 고통의 심연에서도 종교를 찾지 않는 사람들이 있다. 해가 바뀌면 꼬박꼬박 점을 치러 가는 사람이 있고, 살면서 한 번도 점을 치러 가지 않는 사람들이 있다. 그 두 집단 사이에 거대한 벽이 있다. 각자의 행동은 세상을 바라보고 삶을 구축하는 가장 기본적인 원리 위에 세워져 있으므로 서로를 설득하기 어렵다.

그러나 실제로 삶을 사는 모습에서는 둘을 구별하기 어려울 수 있다. 어떤 이는 필연의 세계에 살면서도, 이를테면 유일신교를 믿으면서도 세상을 더 좋은 곳으로 만드는 일을 자신의 사명으로 여길 수도 있다. 그런 사람에게 삶이란 운명이라는 거대한 배의 갑판에 누워 쉬는 일은 아닐 테다. 그에게 필연의 세계란 온 힘을 다해 장애물을 넘어설 수 있다고 믿게 만드는 힘이다. 반면 어떤 이는 신이 모든 것을 예비했으니 아무것도 하지 않겠다고 생각할 수도 있다. 그가 보기에 거대한 사명 속에서 자신의 삶은 아무것도 아니므로 아무런 선택도 하지 않고 아무런 책임도 지지 않을 수 있다. 우연의 세계에서도 마찬가지 일이 벌어진다. 우연의 세계에 사는 사람은 삶을 정면으로 마주하기를 선택할 수도 있고, 죽음만을 기다리는 허무주의로 빠질 수도 있다. 혹은 두 세계에 걸쳐 있는 사람도, 자신이 속한 세계가 무엇인지에 관심이 없는 사람들도 있다. 그러므로 우연과 운명의 경계는 때로 희미하다.

이런 질문들을 해보면, 두 세계를 구분하는 일은 더욱 혼란스러워진다. 신이 있어서 안나마리아를 필연의 세계에 점지했다면, 안나마리아 입장에서는 우연히 그렇게 된 게 아닐까? 윗집 자매 중 언니도 죄르지와 같은 생각을 하는 사람이 될 수도 있지 않았을까? 혹은 윗집 자매 중 신이 없는 세상에서 정말 우연히 필연을 믿는 사람으로 태어난 게 아닐까? 안나마리아는 자신이 필연의 세계에 살게 된 것도 필연이라고 생각할까? 죄르지는 자신이 그렇게 생각하게 된 것도 우연이라고 생각할까? 역시나, 모를 일이다. 나는 철저한 우연의 세계 시민이고 무신론자이므로 나름의 답을 가지고 있지만, 다른 사람들의 답은 다를 수 있다. 중요한 건 그 어떤 세계에 살더라도 자기 행동이 자기 삶과 사회에 미칠 영향을 생각하고 책임을 지는 것이다.

물론 어떤 경향성은 존재할 수 있다. 개별의 사건이 아닌 전체 종을 기준으로 보면 세상이 경향을 따라 움직이는 듯 보이기도 한다. 그 움직임을 높은 확률로 계산할 수 있다는 가정을 바탕으로 나온 소설이 아이작 아시모프의 《파운데이션》이다. 《파운데이션》의 세계에서 심리 역사학이라는 학문은 우주 전체 단위의 경향성을 수학적으로 계산하여 먼 미래를 예측하는 학문이다. 그러나 우리가 사는 세계에서 이런 학문은 존재하기 어렵다. 사회적으로나 과학적으로나 셀 수도 없는 다양한 가능성이 열려 있기 때문이다. 얼마나 열려 있으면 '복잡계 연구'라는 연구만 하는 학자들이 있을까. 게다가 물리학에서는 시간의 흐름을 열역학 법칙으로 설명하곤 하는데, 여기서마저도 확률 개념이 연관되어 있다. 세상 전체에 대한 확실하고 확정적인 예측이란 허상에 가깝다.

그러니까, 나는 법칙과 필연을 믿지 않는다. 나는 타고나기를 우연의 세계 시민으로 태어났다. 죄르지에게 감정 이입을 할 수 있었던 이유도 아마 그 때문일 것이다. 보이지 않는 초월의 세계에 모든 삶을 의탁하고 완전한 복종을 하라고 요구하는 모습을 볼 때, 나는 질식하는 듯한 느낌을 받는다. 모든 일이 예비되어 있다는 말에서 위로를 느끼지 못한다. 차라리 고통에는 아무런 의미도 없는 편이 낫다. 몇 번이고 삶을 포기하고 싶었던 순간에도 신은 안중에도 없었다. 종교를 가진 이들에게는 가장 부덕하고 가장 불행하게 보일 인간이나, 나는 우연의 세계에서 완전한 해방감을 느낀다.

죄르지 역시 순전한 우연의 세계에서 고통을 받아들였다. 그 고통에 아무런 의미가 없으며, 자신은 선택받은 사람이 아니라는 믿음은 삶을 고립시키면서 해방한다. 완전한 단독자로 서서 마주하는 세상은 그 어떤 가능성도 실현할 수 있는 자유의 세계이자, 책임이 나에게로 수렴하는 책임의 세계이기 때문이다. 왜 하필 나에게 이런 일이 벌어지는가, 라고 울부짖어도 그것이 너에게 일어나지 않을 이유는 무엇인가, 라는 매정한 답변이 주어지는 우연의 세계에서 운명보다 무서운 것은 나 자신이다. 그러므로 죄르지는 이야기한다. 운명이 있다면 자유란 없고, 자유가 존재한다면 운명은 없으므로, '나 자신이 곧 운명'이라고.

아주 불행한 시간 속에서 끝나지 않는 고통의 의미를 묻던 시간이 있었다. 나는 더는 의미를 묻지 않음으로써 고통을 삼킬 수 있었지만, 의미를 찾음으로써 고통을 이겨내는 사람들도 있을 테다. 그러니 모든 사람이 우연의 세계로 이주할 필요는 없다. 끔찍한 통증 속에서 의미를 찾아 견딜 수 있다면, 그래서 조금이나마 서 있을 수 있고 눈물로 자신을 토닥일 수 있다면 필연의 세계는 그것만으로도 소임을 다한 것이다. 그 어떤 세계에서든 우리는 살아서 자신을 위로해야 한다.

아우슈비츠

'아우슈비츠'는 나치의 유대인 학살을 가리키는 축약어처럼 쓰인다. 홀로코스트를 상징하는 한 단어를 꼽으라면 아우슈비츠일 것이다. 그러나 정확히 말하면 아우슈비츠는 여러 강제수용소 중 하나의 이름이고, 아우슈비츠 강제수용소가 만들어지기 이전과 이후에도 유럽 대륙에 살고 있던 많은 유대인들이 학살당했다. 잘 알려져 있듯 유대인만 학살당한 것도 아니었다. 수많은 집시, 성소수자, 장애인들이 나치의 우생학이라는 명분 아래에서 살해당했다. 전쟁 포로, 양심수, 노인과 어린이들 역시 살해당했다. 독일 제3제국 전역에서 학살당한 유대인은 600만 명, 유대인을 제외한 희생자까지 모두 합하면 희생자는 약 1천100만 명으로 추산된다.

여러 수용소 중에서도 가장 많이 거론되는 아우슈비

츠 집단수용소는 나치가 폴란드 오슈비엥침에 만든 최대 규모의 강제수용소다. 이미 독일 부헨발트, 플로센부르크, 작센하우젠 등의 지역에 수용소가 있었고, 아우슈비츠 수용소는 폴란드를 비롯한 동유럽에 사는 유대인들까지 수용하기 위해 세워졌다. 총 세 개의 수용소가 있었는데, 1940년 아우슈비츠 제1호가 세워졌고 1942년 초에는 죄르지가 거쳐 간 아우슈비츠 비르케나우, 10월에는 아우슈비츠 모노비츠가 세워졌다. 이 외에도 주변 지역에 39개의 보조 수용소가 있었다.

"노동이 너희를 자유롭게 하리라*ARBEIT MACHT FREI*"는 아우슈비츠의 환영 인사를 보라. 이는 먼저 생긴 독일 수용소에서 가져온 글귀다. 이곳에 끌려오는 사람들에게 저 문구는 얼마나 끔찍했을 것인가. 노동수용소에 갇힌 인간에게 노동이 곧 자유라는 말은, 너는 오로지 죽음으로서만 자유로워지리라는 말과 다르지 않았을 테다. 이 문구를 보면서 조지 오웰의 소설《1984》에 등장하는 오세아니아의 선전 문구를 떠올리지 않을 수 없다. "전쟁은 평화. 자유는 예속. 무지는 힘*War is Peace. Freedom is Slavery. Ignorance is Strength.*" 모순적인 선전 문구는 그 자체로 구역질이 나는데, 누가 봐도 기만적인 말을 당당히 전시할 수 있는 권력을 드러내기 때문이다.

아우슈비츠로 수송된 사람의 수는 최소 130만 명, '처리된' 사람의 수는 최소 100만 명이 넘는 것으로 알려져 있다. 1940년부터 1945년까지의 기록이다. 겨우 5년 남짓한 기간 동안 이렇게 많은 사람이 희생된 데는 끔찍하도록 효율적인 기술의 영향도 있다. 아우슈비츠에 설치된 가스실은 한 번에 약 2천 명을 죽일 수 있도록 설계되었고, 샤워실의 모양을 하고 있었다. 《운명》에도 서술되었듯 노동 능력이 없는 노인, 여성, 어린이들은 샤워를 시킨다는 명분으로 발가벗겨져 샤워실로 보내졌다(옷을 벗었으므로 옷을 회수하거나 처리하기도 쉬웠다). 시체 소각로에서는 하루에 약 2천구 정도의 시신을 태웠다.

가스와 총으로 한꺼번에 많은 사람을 죽이고, 죽인 사람을 소각하는 이런 일들이 독일 제3제국 하에서는 무수히 일어났다. 이전까지 인간사에 수많은 전쟁이 있었지만 이렇게 한 인간 집단이 다른 인간 집단을 '말살'하려는 목표를 세우고 효율적인 과학기술을 통해 이를 실행한 적은 거의 없었다. 1천100만 명이 하나의 목표 아래 살해되는 세계란 도대체 어떤 세계일까. 나치가 권력을 잡은 때부터 패망할 때까지의 기간, 즉 독일 제3제국 시기의 행태에는 여러 가지 해석이 있는데, 대체로 사회 경제적 상황, 지도자의 이념과 야욕, 과학기술 발전의 결합체라고 전한다.

나치의 집권은 잘 알려져 있듯 합법의 모습을 하고 있다. 국가사회주의 독일노동자당*Nationalsozialistische Deutsche Arbeiterpartei*이라는 이름을 가진 이 당은 이름에 '사회주의'를 사용했지만 '반공주의'와 '반유대주의'를 주요 가치로 내세웠다. 1919년 베르사유 조약◘에 반기를 든 사람들이 모여 1920년에 만든 나치는 1920년대 내내 낮은 득표율을 보였다. 1926년 나치의 의석은 12석이었다. 그러나 민족주의와 경제 중흥을 기치로 내건 나치는 점점 성장세를 보였고, 1930년에 이르러서는 바이마르 공화국 의회 의석의 약 18퍼센트인 107석을 차지해 의회 제2당이 된다. 이미 베르사유 조약으로 경제 위기가 닥친 상황에서, 1929년 미국의 경제 대공황까지 겹치면서 사회 곳곳이 혼란스럽던 때였다. 환율은

◘ 베르사유 조약: 1919년에 맺은 제1차 세계대전의 평화 협정으로 독일 제재에 대한 규정을 포함하고 있다.

걷잡을 수 없이 높았고 인플레이션과 실업률은 아직 잡히지 않았다. 유대인, 공산주의자, 자본가에 대한 음모론이 퍼지고 있었다.

1932년, 나치는 230명의 의원을 배출하면서 제1당이 된다. 나치는 경쟁하던 다른 정당과는 달리 민족 공동체 전체의 부흥을 약속함으로써 중산층, 실업자, 퇴역 군인, 농장주, 젊은 유권자, 사무원, 상점주 등의 표를 끌어모았다. 시궁창 같은 현재를 타개할 안정적인 미래를 약속하는 나치는 유혹적이었다. 1932년 11월 선거에서 나치는 196석으로 약간 힘이 빠졌는데, 이때 나치를 지원한 것은 힌덴부르크◘를 비롯한 보수파였다. 이들은 나치를 이용할 수 있으리라 생각하며 연립내각을 구성했지만 1933년 수상이 된 히틀러는 3월에 총선거를 치르겠다며 의회를 해산시켰다. 의석수의 2/3를 차지해 수권법(전권 위임법)을 가결하려는 생각이었다. 모두 합법이었다.

1933년 3월 총선거에서 나치는 (국가인민당을 합쳐)

◘ 힌덴부르크(1847~1934): 바이마르 공화국 제2대 대통령(1925~1934)을 지낸 군인, 정치가. 아돌프 히틀러를 내각 수상으로 임명했다.

52퍼센트의 득표율을 보여 2/3를 차지하지 못했지만, 협박과 회유로 다른 당 인사들의 표를 끌어냈다. 가톨릭 중앙당은 마지못해 동의 표를 냈고, 공산당 대표들은 감금당했으며, 사회민주당만이 반대투표를 했다. 결국 수권법이 통과되고 1933년 4월, 나치를 제외한 모든 정당은 해산되었다. 이제 나치의 일당 독재 시대가 시작되었다. 비밀경찰인 게슈타포가 설치되고 반히틀러 세력이 숙청되는 등 히틀러의 권력을 강화하기 위한 여러 조치가 이어진 후, 1934년 히틀러는 마침내 전권을 가진 총통이 된다.

1933년 권력을 잡은 후 나치는 점차 반유대주의 정책을 펼치기 시작한다. 유대인 판사, 변호사, 의사, 언론인, 작가, 과학자, 예술가 등 수많은 사람이 직업을 잃었고, 유대인이 운영하는 상점을 보이콧하는 운동이 퍼졌다. 어떤 유대인들은 망명을 떠났고 어떤 유대인들은 희망을 품고 독일에 남았다. 이 반유대주의가 유대인 학살로까지 이어질 줄은 몰랐을 것이다. 물론 이들의 희망과는 상관없이 나치는 반유대주의 정책을 점점 더 강력하게 밀어붙였다. 1935년 뉘른베르크법◘이 제정됨에 따라 유대인은 공식적인 이등국민이 되었다. 이 법에 따르면 유대인은 독일 국기를 걸 수 없었고, 독일인(정확히는 '독일 게르만족')과 결혼해서도 안 되었으며, 유대인 자체도 세 개의 등급으로 구분되었다. 독일 국민의 정체성을 가지고 있어도, 유대교를 믿지 않아도, 히브리어를 몰라도, 그러니까 유대인으로서의 정체성이라고는 아무것도 가지지 않아도 이들은 공식적으로 '유대인'으로 정체화되어 국가로부터 합법적인 탄압을 받게 되었다. 1938년 그 불행한 '깨진 유리의 밤 *Kristallnacht*'(크리스탈나흐트), 유대인들은 처음으로 유대인이라는 이유로 공격받고 수용소로 보내졌다.

이 모든 조치 아래에는 히틀러의 강력한 반유대주의가 있었다. 유럽에는 전통적인 반유대주의가 있기는 했지만 그 모습이나 정도가 학살을 상상할 수 있을 정도는 아니었다. 그러나 히틀러에게 유대인이란 우월한 인종

◘ 뉘른베르크법: 1935년 발표된 반유대주의 법. '독일제국 시민법'과 '독일인의 혈통과 명예를 지키기 위한 법률'을 포함한다. 독일인과 유대인의 결혼을 금지하고 유대인을 공무원으로 임용하지 못하도록 정했다.

의 질을 떨어뜨리며, 세계 곳곳에 잠입해 돈으로 지도층을 매수하고, 세계를 장악하기 위해 공산주의, 부르주아 자본주의, 인류 보편의 도덕이라는 허상을 만들고 퍼뜨리는 병균과도 같은 존재였다. 이 '병균'을 뿌리째 처단하고 독일 게르만족의 강력한 국가를 만드는 것이 히틀러의 지상과제였다. 그리고 이 지상과제는 충분히 수행될 수 있었다. 대체로 미움받는 한 집단을 가리켜 그들을 배척하고 우리의 삶을 개선하자고 주장하기란 얼마나 쉬운가. 당시의 독일에서는 그 일이 더 쉬웠다.

히틀러에게 국가 단위의 전쟁이란 종족 정복의 수단이었다. 그는 열등한 '유대인'을 멸종시키고, '슬라브족'을 정복하며, 우월한 '아리아인'을 적극적으로 재생산해야 한다고 믿었다. 국가사회주의 독일노동자당이라는 이름과 달리 사실상 히틀러를 위시한 나치가 추구했던 것은 우월한 종족의 번영이었으며, 그들의 전쟁은 본질적으로 종족 승리를 위한 투쟁이었다. 적자생존. 히틀러가 보기에 인간 사회는 철저히 이러한 토대 위에 세워져야 했다. 우생학의 관점에서 인간이란 더 나은 세계를 건설할 이성적 존재가 아닌, 더 나은 종족이 살아남아야 마땅한 동물종일 뿐이다. 유대인뿐만이 아니라 장애인, 환자, 집시, 성소수자 등이 학살 대상에 포함되었던 것 역시 이러한 맥락에서다. (물론 나치가 명확한 이념적 배경을 가졌다기보다는 반공주의, 반유대주의, 반자유주의처럼 부정不定으로 정의되는 체제였다고 보기도 한다.)

종족의 승리에는 당연히 경제적 보상이 따라와야 했으며, 또한 종족의 승리를 위해서는 경제적 뒷받침이 필요했다. 아프리카나 아메리카 등지에서는 이미 식민지 확장 경쟁이 끝난 상태였다. 히틀러는 대신 유럽 대륙을 타깃으로 삼았다. 유럽인들이 아프리카나 아메리카에서 원주민의 자리를 차지했듯, 독일인도 유럽 대륙에서 유럽인의 자리를 차지할 수 있으리라 생각했던 모양이다. 동유럽의 자리를 비워 독일 국민의 생활공간*lebensraum*을 만들겠다는 목표하에 제3제국의 정복이 시작되었다.

독일 국민은 왜 반유대주의 정책을 지지했는가. 최소한 반대하지 않았는가. 데틀레프 포이케르트는 《나치 시대의 일상사》에서 '위기의 경험과 안전한 미래에 대한 선망, 그리고 공격성이 융합되어' 나치를 탄생시켰고, 나치에 비판적이었던 사람들도 '수동적인 불만족, 투덜거리는 체념, 체제와의 개별화된 타협' 상태에 있었다고 말한다. 어찌 되었든 히틀러가 사회를 안정시켰다는 잠정적인 합의가 있었고, 나치를 열정적으로 지지하는 탄탄한 지지층이 있었으며, 불만이 있었다고 해도 그 표현은 공적인 영역에서의 발화가 아닌 사적이고 무력한 대화로 후퇴했다고 포이케르트는 전한다. 외부의 적을 상대로 하는 공격이 이 공동체를 정상으로, 질서가 잡힌 상태로 되돌리리라는 믿음이 국민들을 침묵하게 했다. 특정한 인종 집단이 이 나라를 망하게 하고 있다는 신화 역시 유혹적이었다. 전쟁 준비로 바람을 넣은 경제는 불안했고, 사람들은 생필품이 부족한 상태에서 노동으로 지쳐 있었다. 히틀러가 이따금 대외정책에서 성공을 거두거나, 승전 소식이 들려올 때마다 사람들은 히틀러가 일을 잘하고 있다고 생각했다. 물론 숄 남매처럼 저항한 경우도 있었고 오스카 쉰들러 같이 유대인 탈출을 도운 사람도 있었으나 주도적인 분위기는 아니었다.

그 와중에 나치는 지속해서 전체주의를 고취하는 대형 행사를 벌임으로써 지지자들을 심취하게 했다. 많은 사람이 순간적으로 하나가 된 느낌을 느끼도록 하기 위해 동원할 수 있는 모든 방법을 동원했다. 히틀러는 연설의 달인이었고 괴벨스는 선동의 귀재였다. 개인이 공동체가 되는 순간 들이치는 짜릿한 느낌이 통치의 동력이 된 것이다. 정치는 토론과 합의, 또는 무관심의 영역이 아니라 체험과 열광, 또는 체념의 영역이 되었다.

나치의 학살은 지도자의 잘못된 신념, 이를 뒷받침하는 전체주의 체제와 프로파간다◘, 성찰할 여유가 없었던 개인, 불행한 경제적 상황, 효율적인 과학기술 등이 결합한 산물로 볼 수 있겠다. 어떤 학자들은 이를 '근대'라는 상황이 만들어낸 괴물로 본다. 정확한 열차 시간과 효율적인 학살을 위한 과학기술, 의학 실험과 같은 요소뿐만 아니라 비판의식을 마비시키는 대중미디어의 발달, 일의 전체를 보지 못하게 만드는 분절된 노동, 화폐의 발달, 관료적이고 조직화한 사회와 같은 여러 근대적 요소가 나치의 유대인 학살을 가능하게 만들었다는 분석이다. 이런 분석대로라면 서구 사회의 계몽주의 신화가 처절하게 그 대가를 치렀다고 볼 수 있을 것이다. 다른 한편으로는 근대성만으로 설명할 수 없는

◘ 프로파간다: 특정한 목표를 가지고 사람들의 행동을 유도하는 선전, 선동

나치의 원시성과 야만성을 이야기하는 관점이 있다. 나치의 유대인 학살은 증오, 편견, 혐오 등의 감정이 폭발한 사례이기도 하기 때문이다. 근대성의 산물로서의 나치와, 근대성만으로 설명할 수 없는 나치 시대의 충동을 함께 설명할 때 어렴풋하게라도 이 사태의 그림을 그려볼 수 있는 듯하다.

나치가 정권을 잡은 과정과 그 배경은 늘 나에게 강렬한 미스터리였다. 이 사태를 너무나 이해하고 싶었다. 책을 읽거나 다큐멘터리를 보고, 나치가 표를 얻은 매번의 선거와, 그를 지지하거나 이용했던 사람들의 일상을 상상하곤 했다. 그러나 어떤 사태든 그 무수한 층위를 한꺼번에 이해하기란 불가능하다는 사실은 차치하고서라도, 수백만 명의 죽음 앞에만 서면 이해했다고 생각한 모든 것이 흩어졌다. 내가 이해한 것은 설명이었다. 설명을 이해한다고 죽음, 살해, 학살, 말살 같은 것들을 이해할 수는 없었다. 이 둘은 완전히 다른 대상이다. 나는 후자를 이해하고 싶었지만 그럴 수 없었다. 시간이 흐르면서 이해가 가지 않는 일은 이것뿐만이 아니고, 그런 일은 언제든 어디에서든 일어나곤 했다는 사실을 알게 되었다.

다큐멘터리 영화 〈액트 오브 킬링*The Act of Killing*〉(2012)은 1965년 인도네시아에서 벌어졌던 반공 학살극에 대한 영화다. 당시 인도네시아에서는 군부 쿠데타가 벌어졌고, 쿠데타 세력은 이른바 '프레만*Freeman*'이라고 불리는 집단에 공산주의자들을 마구잡이로 암살할 것을 주문한다. 사상이 다른 사람을 색출해 암살한 것도 분노할 일이지만, 광기 어린 학살이 늘 그렇듯 거기에는 공산주의자만 있었던 것도 아니었다. 당시 프레만이 죽인 사람은 100만 명이 넘었다. 심지어 그때까지 공산당은 인도네시아의 합법 정당이었다.

감독은 당시 학살을 주도한 프레만 중 하나인 안와르 콩고를 주인공으로 하여 그에게 당시의 일을 재연하는 영화를 찍어보자고 제안한다. 물론 여기서 말하는 영화가 따로 있지는 않다. 이 다큐멘터리의 목적은 '그 영화를 찍는 안와르 콩고를 찍는 것'이다. 안와르 콩고는 인도네시아에서 영웅으로 추대받고 있었고, 그와 그의 동료들은 당시에 일어난 학살극을 진심으로 자랑스러워하고 있었으므로 이 제안에 흔쾌히 응한다. 그들은 피해자의 가족까지 섭외해 가면서 열정적으로 당시의 상황을 재현한다.

영화는 처음부터 끝까지 끔찍하기 이를 데 없지만, 나에게 가장 슬픈 장면은 중국계 새아버지의 손에서 자란 인도네시아 청년이 자기 경험을 이야기하는 부분이었다. 이 청년은 자신이 열두 살 때 끌려간 새아버지를 생생하게 기억하고 있었다. 새아버지는 괴한들에 의해 끌려갔다가 다음날 드럼통 아래에서 시신으로 발견되었다. 중국 사람들이 공산당에 우호적일 것이라는 짐작으로 프레만들이 눈에 보이는 중국인마다 닥치는 대로 죽였던 때다. 아마 청년은 자기 앞에 앉아있는 사람들이 아버지를 죽인 사람들일 가능성이 높다는 것을 알았을 것이다. 문제는 프레만들이 아직도 권력을 가지고 있다는 사실이다(영화를 찍을 당시에는 그랬다). 이 청년은 벌게진 눈으로 당시의 일을 이야기하면서도, 단지 그런 상황이었을 뿐이라며 안와르 콩고 일행의 심기를 건드리지 않으려 노력했다. 그들이 찍는 영화에서 고문받는 피해자 역할을 맡은 그 청년의 눈에서 눈물이 흐른다. 가해자들에게 차마 따져 물을 수 없는 상황이 마음을 짓누른다. 도대체 이게 뭐란 말인가?

우리는 1980년의 광주로 가볼 수도 있다. 군인들이 도시를 봉쇄하고 민간인을 학살했던 5월은 그렇게 오래 전이 아니다. 군대가 헬기로 건물을 조준 사격하고 여성들을 성폭행했던 그 며칠 동안 독재 타도를 외친, 혹은 외치지도 않은 사람들이 얼마나 죽었던가. 처음 이 일을 알게 되었을 때, 역사 교과서를 앞에 두고도 펑펑 울 수 있다는 것을 알게 되었다.

이 슬픔은 혹여나 세상 물정을 모르는 나이브함일까. 정말 그렇게 이야기할 수 있는 걸까.

분명 1940년대 유럽에서도, 일제 치하의 조선에서도, 1960년대 인도네시아에서도, 1980년 광주에서도, 19세기 미대륙에서도, 수많은 다른 곳에서 한 집단이 다른 집단을 학살하는 일은 있었다. 옛날에는 전쟁이 일상이었고 평화가 드물었으며, 우리는 인간사 전체를 통틀어 가장 평화로운 시대에 비교적 평화로운 땅에서 살고 있다. 그렇다면 인정해야 할지도 모른다. 인간이란 그런 존재라고. 민족이라는 텅 빈 이름, 자신이 속한 집단이 우월하다는 오만, 그러므로 다른 집단은 파괴해도 좋다는 비약, 아니 혹은 비약적인 논리 뒤에 숨긴 탐욕, 살의, 그리고 무관심함이 언제든 고개를 들 수 있고, 차라리 그게 인간의 본성일지도 모른다고.

그러나 설령 전쟁이 인간의 본성이고 정복이 인간의

욕망이라고 해도 우리는 본성과 욕망에 기초하여 도덕을 세우지는 않는다. 애초에 인간의 본성이 무엇인지조차 명확히 규명할 수 없을뿐더러, 본성이 악하다는 것이 악하게 행동해도 된다는 주장의 근거가 되지도 않는다. 나는 인간의 도덕을 본성 위에 정초定礎할 수 없다고 굳게 믿는다. 인간이란 원래 그렇고 그건 어쩔 수 없다는 냉소가 인간에게 어떤 도움이 되는 건지, 나는 잘 모르겠다.

우연히 이스라엘 대변인의 인터뷰를 보았다. 기자가 묻는다. 이스라엘 군인들은 왜 가자 지구를 지나는 사람들을 쏴 죽이나요. 대변인은 태연하게 대답했다. 수백 명의 사람들을 모두 감옥에 넣을 수는 없으니까요. 대답하는 얼굴에는 미동이 없다. 나는 팔레스타인을 향해 날리는 미사일에 마커로 메시지를 쓰는 이스라엘 유대인 어린이들의 사진을 떠올린다. 이 역겨움은 나치의 '최종 해결*The Final Solution*'이라는 단어를 볼 때 느끼는 역겨움과 얼마나 다른가.

서로 다른 고통으로 연대한다. 인간에게 남은 선함이 있다면 이것이다. 완전히 다른 사례들에 무관심한 채로 그들을 뭉뚱그리거나, 알면서도 외면하는 것이 아니라, 관심을 가지고 지켜보며 내가 할 수 있는 일을 하는 것. 나의 행복이 타인의 고통 위에 세워지지 않았는지 성찰하는 것. 그리고 더 나아가, 나에게 주어진 고통이 없다고 할지라도 타인이 고통받지 않을 환경을 만들기 위해 노력하는 것. 인간의 선함을 필요로 하지 않는 시스템을 세우는 것. 공감이 결여된 사람마저 따라야 할 규범을 만들기 위해 노력하는 것. 그럴 때 차라리 인간이란 이런 걸 할 수 있는 존재라고 이야기하고 싶고, 그런 것을, 조금 믿어보고 싶다.

자기기만과 시스템

이것은 제3제국[◘]에 살지도 않았던, 독일인도 유대인도 다른 무엇도 아니었던 제삼자가 과거의 어떤 사태를 대상으로 놓고 쓰는 글이다. 잘 알지도 못하면서 지껄인다는 말이다. 다만 이 사건을 둘러싼 수많은 글 사이에서 나는 한 가지를 배웠다. 그 한 가지가 나를 여기까지 끌고 왔다.

나치 치하에서 벌어진 일을 다루는 수많은 책들이 있고, 책에 따라 약간의 관점 차이가 있더라도 나치 정권 중 벌어진 일이 끔찍한 일이라는 점을 부정하는 책은 없다. 도대체 어떻게 이런 일이 벌어질 수 있었는가. 이

◘ 제3제국: 1933년 1월부터 1945년 5월까지 독일 나치 정권의 공식 명칭

물음은 호기심이자 탄식이다. 인간의 역사에서 수없이 잔인한 일이 벌어졌지만 그 잔인성이 이토록 파괴적인 효율성과 기술 발전에 결합한 경우는 없었다. 한 인종을 말살하려는 목표는 경제적 목표나 군사적 목표와는 거리가 있다. 이 목표는 차라리 윤리적 목표다. '부족한' 인간들을 멸종시켜 '인류의 승리'를 구가하고자 하는 야만의 윤리. 거기서 인류란 대체 무슨 의미이며, 그러한 인류에 무슨 가치가 있단 말인가. 이 명령은 위로부터 하달되어 가장 평범한 인간에게까지 전달되었다. 나치 당원들은 각각의 위치에서 부품처럼 작동하여 거대한 계획을 실현했다. 2차 대전이 끝난 후 이 부품들은 재판을 받고 투옥되거나 처형되었다. 이것이 문제다. 이들은 부품이 아니며, 이 모든 상황이 끝났을 때 책임을 져야만 하는, 재판을 받는 인간이라는 것이다.

이들이 인간이라는 것은 애석한 일이다. 그러나 이들이 인간이라는 점에는 의심의 여지가 없고, 이 애석함은 부메랑이 되어 돌아온다. 설령 당 간부가 되어 최선을 다해 일하지 않았다 하더라도, 평범한 소시민에게는 책임이 면제되는가. 좋은 직장을 구해 잘 먹고 잘살고자 하는 욕망이 히틀러를 지지하게 만들었다면 어쩔 것인가. 이 섬뜩한 물음 앞에 한 인간이 제시된다. 아돌프 아이히만, 아마도 히틀러 다음으로 유명한 전범.

《예루살렘의 아이히만》은 아돌프 아이히만이 예루살렘에서 재판을 받은 과정을 기록한 재판 보고서다. '악의 평범성에 대한 보고서'라는 부제가 붙어있다. 한나 아렌트는 재판을 방청하고 각종 기록을 조사하여 아이히만이라는 한 인간이 전체 속에서 어떤 위치에 있었는지 탐구한다. 아렌트 자신도 말하듯 이 책은 인간 일반의 악에 대한 보고서가 아니고, 나치라는 사태를 포괄적으로 개관하는 연구서도 아니다. 오로지 아이히만이라는 한 인간에게 주어져야 하는 정의定義가 무엇일지를 탐구하는 책이다. 그러므로 아이히만의 개인적인 특성이나 이 재판의 법적 타당성, 체포 과정의 타당성에 대한 의문과 같은, 나치 자체와는 관련이 적을지도 모르는 쟁점들을 포함하고 있다.

아렌트에 따르면 아이히만은 중상층 가정에서 태어났으나 그 계급을 유지할 만한 능력을 갖추지는 못한 사람이었다. 그는 만 26세였던 1932년에 나치에 가입하여 1933년 정보부에 들어갔다. 1934년에는 친위대 제국지휘관 보안대에 들어갔는데, 그는 그곳이 제국 보안대라고 생각했으나 아니라는 것을 알고 실망했다. 그러나 직책이 상승할수록 그런 것은 중요하지 않게 되었다. 그가 보안대에서 처음 읽었으며 평생 가장 감명 깊게 읽은 책은 시온주의 도서인 《유대인의 국가》로, "책으로 인해 아이히만은 곧바로 그리고 영원히 시온주의자로 개종했다."◘ 그는 유대인이 유대인만의 땅을 가져야 한다고 믿었고 이는 나치의 방향과도 (다른 의미로) 일치하는 것이었으므로, 그는 최선을 다해 효율적이고 조직적으로 유대인을 옮겼다. 아렌트에 따르면 "이 계획의 가장 큰 장점은 유대인을 유럽으로부터 완전히 제거하는 것 외에는 어떠한 조치도 충분하지 않다는 예비적 관념을 관계자 모두에게 친숙하게 만드는 것이었다."◘◘ 정책은 '자연스럽게' 유대인 말살로 나아갔고 아이히만은 그때까지처럼 유대인을 최선을 다해 옮겼다. 독일, 오스트리아, 프랑스, 네덜란드, 벨기에, 폴란드, 루마니아, 헝가리 등 수많은 곳에 살던 수많은 유대인을, 학살이 기다리고 있는 강제수용소를 향해. (물론 아

◘ 한나 아렌트, 《예루살렘의 아이히만》, 김선욱 옮김, 한길사, 96p

◘◘ 한나 아렌트, 《예루살렘의 아이히만》, 김선욱 옮김, 한길사, 139p

렌트의 이러한 관찰은 여러 부분에서 아이히만에게 속은 결과라는 연구가 나오기도 했지만, 여기서는 일단 아렌트의 책에 집중하고자 한다.)

나는 이 책에서 밑줄을 긋고 귀퉁이를 접어둔 곳을 찬찬히 복기하며 워드 프로그램에 입력했다. 옮겨 적는 과정 자체로도 고통스러웠다. 하루하루가 지날수록 책은 마음속에서 묵직하게 자라나, 삼일쯤 뒤에는 슬픔과 구역질을 몰고 왔다. 나를 가장 괴롭게 한 것은 한 인간의 자기기만과 '순전한 무사유*sheer thoughtlessness*'가 집단의 해악적인 필요와 맞아들어갈 때 얼마나 깔끔하고 효율적인 방식으로 작동하는가 하는 문제였다. 말하자면 '악의 평범성'이란 '악의 진부함', 관료와 상투의 탈을 쓴 악이다. 아렌트에 따르면, 아이히만은 자신의 재능과 직책이 유대인들에게 도움이 되었다고 주장했다. "이런 일들이 이루어져야 했다면 질서정연하게 이루어지는 것이 더 낫다는 것이 그의 주장이었다."◘

아렌트가 파악한 아이히만은 너무나 그 자신으로부

◘ 한나 아렌트, 《예루살렘의 아이히만》, 김선욱 옮김, 한길사, 273p

터 유리된 사람이었다. 가진 것은 허풍이요, 결여한 것은 판단 능력이었다. 그에게는 생각할 능력이 없었기에 말할 능력도 없었다. 상투어와 관용어가 그의 입을 채웠고, 그러므로 나치의 상투어는 그의 신념이 되었다. 그는 시온주의적 이상을 가지고 유대인 말살 정책에 최선을 다했으며 그 사이에서 아무런 모순도 느끼지 못했다. 이 문단의 첫 문장을 취소하겠다. 애초에 그의 중심이 허망하게 비어있었음을 생각한다면, 안타깝게도 그는 마지막까지 너무나 그 자신이었다.

> 여기서 중요한 점은, 관청용어*Amtssprache*가 그의 언어가 된 것은 상투어가 아니고서는 단 한 구절도 말할 능력이 정말 없었기 때문이라는 것이다. (…) 그의 말을 오랫동안 들으면 들을수록, 그의 말하는 데 무능력함은 그의 생각하는 데 무능력함, 즉 타인의 입장에서 생각하는 데 무능력함과 매우 깊이 연관되어 있음이 점점 더 분명해진다. 그와는 어떠한 소통도 가능하지 않았다. 이는 그가 거짓말하기 때문이 아니라, 그가 말과 다른 사람들의 현존을 막는, 따라서 현실 자체를 막는 튼튼한 벽으로 에워싸여 있었기 때문이다.
>
> **— 한나 아렌트, 《예루살렘의 아이히만》, 김선욱 옮김, 한길사, 105~106p**

죽는 순간까지도 그는 사람들이 장례식장에서 사용하는 관용어로 마지막 인사를 했다. 장례식장의 관용어란 죽은 이를 떠나보내는 산 자들의 것이다. 그러나 "그는 이것이 자신의 장례식이라는 것을 잊고 있었다."◘ "잠시 후면 여러분, 우리는 모두 다시 만날 것입니다. 이것이 모든 사람의 운명입니다." 이 광경은 희극적이기까지 하다. 죽으며 남길 말마저 상투어에 위탁하지 않을 수 없었던 사람이 수백만 명의 사람을 죽이는 데 기여했다는 끔찍한 희극은 대체 무엇 때문에 벌어진 것인가.

평범한 범죄자는 자기의 범죄집단이라는 좁은 한계 내에서만 범죄 없는 현실로부터 효과적으로 자신을 분리할 수 있다. 아이히만은 자신이 거짓말을 하고 있지 않고, 스스로를 기만하고 있지 않다는 확신을 느끼기 위해서는 단지 과거를 상기하기만 하면 되었다. 왜냐하면 그가 살았던 세상과 그는 한때 완벽한 조화를 이루고 있었기 때문이다. 그리고 8천만 명

◘ 한나 아렌트, 《예루살렘의 아이히만》, 김선욱 옮김, 한길사, 349p

> 으로 이루어진 독일 사회가 동일한 방법, 동일한 자기기만, 거짓말, 어리석음을 통해 현실과 사실성으로부터 분리되었다.
>
> **— 한나 아렌트, 《예루살렘의 아이히만》, 김선욱 옮김, 한길사, 109p**

제3제국은 완전히 뒤집힌 세계였다. 보통 인간의 양심이 '살인하지 말라'고 이야기한다면, 제3제국에서의 양심은 아무리 살인하고 싶지 않더라도 '살인하라'고 요구했다. 뒤집힌 세계에서는 규범도 양심도 뒤집어진다. 그러나 아이히만은 세계가 뒤집힌 것을 알지 못했다. 뒤집힌 세계에서 그는 충실했다. 아이히만 외에도 많은 이들이 이 새로운 세계에 충성을 바쳤다.

그는 스스로를 시대의 희생양이었다고 변호했다. 자신은 복종했을 뿐이라고 했다. 그러나 이 변호는 받아들여지지 않았다. 그가 하달받은 명령을 충실히 이행한 것뿐이라고 해도 한 인종의 존재를 삭제하려는 시도에 기여했다는 사실은 변하지 않기 때문이다. 그 시대가 그랬다는 것이 개인의 행위를 면책시켜 줄 수는 없다. 심지어 그 행위가 특정 인간들에 대한 말살이었다면, 그래서 그들의 존재 자체를 위협한 것이었다면 더욱 그래서는 안 된다. 아렌트는 성경의 이야기를 가져온다. 모든 사람이 잘못했기 때문에 개별 인간의 잘못이 가려지는 게 아니라, 모든 사람이 잘못했기 때문에 모든 사람이 벌을 받는 윤리. 그게 아렌트가 책의 말미에 아이히만에게 전하는 말이다. 그러나 무지한 이가 내놓은 것은 목숨뿐이어서 아이히만은 영원히 반성 없는 사람이 되었다.

이 물음에 대해 개별 행위자에게 과도한 윤리적 판단 능력을 요구한다고 비판할 수도 있다. 물론 모든 인간은 개별의 특질과 환경이 상호작용하는 결과이고, 따라서 그의 행위 역시 이러한 상호작용에 기초하여 있다. 그러나 한 집단이 다른 집단을 지구상에서 말살하려는 상황에서 피해 집단의 이송을 맡은 사람에게 윤리를 요구하지 않을 수 있을까. 인간의 모든 행위를 윤리에 결부시킬 수는 없다. 그러나 윤리에 결부시키지 않고서는 이야기할 수 없는 행위들이 있으며, 아이히만이 한 행위란 그런 종류의 것이다. 심지어 이후의 연구들에서 나타난 아이히만은 열렬한 나치 지지자였고, 자신이 무슨 일을 하고 있는지도 알고 있었다. 그렇다면 그의 변호는 더욱 끔찍해진다. 그는 이 일이 관료로서 고민 없이 행한 평범한 일이 된다면 면죄될 수 있다고 믿고 있었던 것이다.

아렌트는 이 책이 아이히만 개인에 내려져야 하는 판결에 대한 책이라는 점을 강조했으나, 이 사건에 보편성이 전혀 없다고도 말할 수 없다. 역사의 한가운데 있었던 모든 사태에는 개별성과 보편성이 함께 존재한다. 그러므로 개인과 역사 사이에서 부질없는 가정을 해본다. 아이히만의 역겨운 변호를 들어주어, 그에게 다른 상황을 선사한다면 어떻게 될까. 아이히만이 나치 없는 시대, 전쟁 없는 장소에 살았다면? 그의 무사유는 분명 어느 시대에서나 해악이었을 것이나, 나치와 만났을 때만큼 끔찍한 결과(학살이라는)를 가져오지는 않았을지도 모른다. 그의 비어있(다고 주장하)는 정신에 히틀러나 괴벨스가 만든 구호들 대신 차라리 허울뿐인 자기계발의 환상이 들어차 있었다면 어땠을까. 역사에 가정은 부질없으나, 이 가정은 한 영화를 떠올리게 한다.

영화 〈나이트 크롤러〉의 주인공은 루이스 블룸이라는 남자다. 변변한 직장 없이 물건을 훔쳐 장물로 팔아 생계를 유지하던 그는 우연히 사건 현장의 비디오를 찍어 뉴스에 파는 일명 '나이트 크롤러'들을 목격하고 그 일에 뛰어든다. 싸구려 캠코더로 시작해 점점 몸집을 불려 가는 그의 주특기는 화려한 언변이다. 그에게는 늘 준비된 멘트가 있다. 그 멘트는 모두 허세 가득한 성공 신화에서 빌려온 것이다. 당장 아무런 회사도 세우지 않았고, 실제로 하는 일은 사건 현장에서 (보도 윤리는 개나 줘가며) 최대한 자극적인 영상을 찍어 방송국에 파는 것이면서, 일급 30달러를 주고 조수로 쓰는 남자에게 '사업 확장', '직무 평가', '사업적 결단' 같은 말을 쓴다. 두 번째 거래에서 KWLA 보도국장에게 하는 말이 가관이다. "사업을 시작하기 전에 사업 계획을 세워야 한다는 것을 배웠어요. 왜 그 목표를 세웠는지도 중요하지만 목표가 무엇인지 아는 것 역시 중요하죠." 방금 그는 총격 사건이 있던 집에 무단침입해 시체를 찍은 영상을 팔았다.

그는 영화에 등장하는 가설적 인물이므로 아이히만과 곧바로 연결할 수는 없다. 그러나 시대가 주는 영향(나치 시대와 비디오 뉴스 시대) 속에서 허울뿐인 언어(나치의 언어와 성공 신화의 언어)만을 구사하여 그것으로 자신을 정체화하고, 권력에 민감하며(자신이 상관일 때의 일만 기억하는 것과 조수를 인간 이하로 다루는 것) 자신이 잘한다고 생각하지만 사실은 사람을 죽이는 일(유대인을 학살지로 옮기는 것과 강력 범죄 현장을 최대한 자극적으로 찍는 것)을 하여 스스로 만족감을 느끼는 인물이라는 점에서, 루이스 블룸은 아이히만을 떠올리게 하는 데가 있다. 아렌트의 관찰과는 달리 아이히만이 철저한 반유대주의자였고 나치 신봉자였으며 출세에 목을 맨 사람이었다는 연구를 생각하면 그런 면에서 유사함은 더욱 크게 다가온다.

책에서 아이히만을 묘사할 때 가장 많이 등장하는 단어는 '의기양양'이라는 단어다. 그는 '의기양양'해 했다. 실체가 없는 단어를 멋지게 구사하면서 그는 자신이 고양된다고 느꼈다. 그 말들이 자신을 진정으로 표현한다

© 김겨울

고 생각한 모양이다. 아무것도 모르는 공무원인 척 연기했다고 해도, 그가 자신이 선택한 공허한 단어들로 자신을 변호할 수 있으리라 믿었던 것은 분명하다. 아이히만이 현대 미국에서 태어나 알맹이 없는 성공 신화에 도취하면 무엇이 될까. 루이스 블룸에게도 죄의식이란 없었다. 그러므로 순전한 무사유가 권력의 환상과 결합할 때 끔찍한 일이 벌어지는 게 아닐까. 여러 시대의 곳곳에서 인간을 파괴하는 일은 벌어지고, 무서울 정도로 신념에 차 있으나 무서울 정도로 타인의 고통에 관심이 없는 사람들이 의기양양하게 일을 벌인다.

내가 배운 한 가지는 그러므로 아주 단순하다. 아주 단순하고 당연하게도, 내가 매번 내 삶을 넘어서서 생각할 줄 알아야 한다는 것이다. 최소한의 윤리의식, 최소한의 공감 능력, 최소한의 양심을 지키기란(그것이 최소임에도) 때로 너무나 어려운 것이어서 늘 정신을 똑바로 차리고 있어야 한다는 것. 선과 악을 구분하기가 점점 어려워진다. 꼭 그만큼 악은 모든 곳에 숨는다. 현대는 모두가 자신도 모르게 약간의 불의를 저지르는 시대다. 현대의 악은 경제의 이름으로, 법의 이름으로, 합리의 이름으로, 집단의 이름으로, 알 수 없는 이름들로 온다. 관료와 상투는 우리의 삶 곳곳에 스며들어 있다. 확연한 악을 욕함으로써 선의 위치에 서기는 쉽지만, 은폐된 악을 발견해 행하지 않기란 훨씬 어렵다.

아렌트는 아이히만을 이렇게 평했다. "이 문제를 흔히 하는 말로 하면 그는 단지 자기가 무엇을 하고 있는지 결코 깨닫지 못한 것이다."[◘] 선과 악은 눈 깜박할 사이에 그 자리를 바꿔 다가올 수 있고, 그런 상황에서는 양심조차 제 기능을 하지 못한다. 결국 우리에게 남는 것은 구체적인 사건들에 대해 치열하게 생각하고 따져보고 논의하는 태도밖에는 없는 게 아닐까. 눈 감고도 선을 골라낼 수 있다는 생각은 그야말로 오만이 아닌가. 드러내놓고 파괴적인 제3제국보다 비교적 평온한 삶이 주어지는 장소와 시대에서 '내가 무엇을 하고 있는지' 깨닫고 삶에 적용하기란 여간 어려운 일이 아니지만, 계속 노력해 보고 싶다. 비난하기도 공감하기도 쉽지만 반성하기는 어려운 마음에 맞서, 치열하게 생각하고 고민하며.

◘ 한나 아렌트, 《예루살렘의 아이히만》, 김선욱 옮김, 한길사, 391p

(농담)

선생님 저 사주 볼 줄 모릅니다

철학을 전공했다고 하면 으레 듣는 말이 있다.

"뭐야, 그럼 졸업하면 철학관 차리는 거야?"

아이고 선생님 그런 농담은 정말로 하나도 재미가 없습니다. 이미 너무 많이 들었거든요…. 문제는 이게 농담이 아닐 때다. 사주 볼 줄 아느냐, 작명할 줄 아느냐부터, 심하면 손금, 관상, 풍수까지 대뜸 등장한다. 이들에게 철학이란 어디까지나 운명을 예측하고 조작하는 방법론이다.

도대체 이 미신의 산실에 누가 '철학관'이라는 이름을 붙였는지 궁금해 검색을 해보았으나 전국 각지의 용하다는 철학관만 등장할 뿐이었다. 정말 우주 진리에 통달하신 것인지 사주, 손금, 작명, 관상, 풍수를 모조리 섭렵하고 계셨다. 망한 철학관이 있으면 정말 재미있겠다는 생각이 들었다. 다른 사람의 인생을 줄줄이 읊어주면서 자신의 철학관이 망할 거라는 예측을 못한다면 그 사람은 돌팔이인 게 아닐까? 원래 중이 제 머리를 못 깎는 법일까? 망한 철학관을 운영했던 사람과 인터뷰를 해보고 싶지만, 사람이 그렇게 잔인한 일을 벌이면 벌받는다.

어떤 대학교에는 '미래예측학과'라는 과가 있다. 이 과의 이름을 보고 내가 그냥 넘어갈 리 없다. 곧바로 인터넷에 검색해 해당 대학교의 학과 홈페이지에 들어가 봤다. 학과 소개. "현대는 산업사회가 고도로 발달함에 따라 자연환경과 구조가 급격히 변화… 인간과 자연의 조화와 합일의 정신에 기초하여…"

과목은 무엇이 있는지 살펴보았다. 주역, 명리, 인상, 풍수, 동양철학. 뭐야, 정말 다 하잖아? 선수과목으로는 명리학개론, 인상학개론, 풍수학개론, 주역학개론, 동양고전입문이 있고 각종 전공 과목과 심화 과목이 그 뒤를 따른다. 석박사 과정까지 알차게 갖춰져 있다. 가치관에 혼란이 오기 시작한다. 나름대로 탄탄한 코스다.

아마 철학관이라는 이름은 동양철학에서 흘러왔을 것이다. 사주라는 것도 유교의 문헌 중 하나인《주역》에서 유래했고, 실제로 사주를 보는 많은 사람들이 자신은 동양철학을 공부했다고 이야기한다. 유교뿐만 아니라 도가철학도 신비주의와 결합하여 많은 미래예측 방법론을 내놓았다. 이런 여러 방법론이 세월을 거쳐 발전하기도 하고 다듬어지기도 하며 현재의 형태를 띠게 되었을 것으로 추측해 볼 수 있다. 그러다 보니 '철학관'이라는 이름도 생기고 그런 것이겠지.

실제로 사람들이 이런 예측 방법을 통해 마음의 위로를 얻고 미래를 대비할 준비를 할 수 있다면 그것이 이런 미신적 방법들의 존재 가치일 테다. 신년운세의 항목별 구절이 "늘 겸손하고 들어오는 행운에 흥분하지 말며 불운에 너무 좌절하지 말고 꾸준히 노력하며 때를 기다리라"라는, 누구에게나 적용할 수 있는 '좋은 말씀'에 불과할지라도 그런 말을 자신에게 할 때와 사주가 해줄 때는 기분이 다른 법이다. 뻔한 말이라도 한 번 더 다짐하는 효과가 있다. (우연과 필연에 대해 열심히 썼지만, 이 복잡한 세상에서 아등바등 살다 보면 인생의 선택을 사주에 의탁하고 싶을 때가 누구에게나 있는 법이다.)

하는 건 하는 건데, 철학관이라는 이름은 아무래도 조금 억울하다. 전국의 철학과 출신 학생들과 석사, 박사, 심지어 교수들까지 철학관이라는 농담 아닌 농담으로부터 자유로울 수 없기 때문이다. 하지만 철학관에서도 이런 글을 보면 억울할 것이다. 자신들이 공부하는 것 역시 철학이기 때문이다. 여기서 우리는 철학이란 무엇인가를 묻지 않을 수 없다.

표준국어대사전에 따르면 철학이란 "인간과 세계에 대한 근본 원리와 삶의 본질 따위를 연구하는 학문"이며, "흔히 인식, 존재, 가치의 세 기준에 따라 하위 분야를 나눌 수 있다."고 한다. 인간과 세계에 대한 근본 원리를 연구한다는 정의는 둘 모두에게 해당하는 말이겠지만, 인식, 존재, 가치라는 세 가지 기준이나, 고려대한국어대사전에 나오는 설명, 그러니까 "원래 진리 인식의 학문 일반을 가리켰으나, 중세에는 종교가, 근세에는 과학이 독립하였다. 형이상학, 논리학, 윤리학, 미학 등의 하위 부문이 있다."와 같은 말을 보면 아무래도 철학관 쪽에서 철학이라는 단어를 빌려 쓰고 있다고 주장할 수밖에 없다.

하지만 정말 그러한가? 이건희 삼성그룹 회장, 고 정주영 전 현대그룹 회장, 고 이동찬 전 코오롱 명예회장은 모두 명예철학박사를 받은 바가 있다. 여기서 철학이란 학문이 아닌 그저 이름일 뿐이다. 대학교에서 철학이라는 이름을 그렇게 쓸 수 있다면 철학관이 철학이라는 말을 쓰지 못할 이유가 없다. 그러므로 철학이란 철학관부터 철학과까지 상당히 방대한 양의 인간을 괴롭히는 학문이라는 점만이 확실한 '운명'으로 주어질 뿐이라고 말할 수 있겠다. 아니, 여기서는 '팔자'라고 부르는 것이 더 맞겠다.

이 논쟁의 가장 괴상한 결과물은 임레 케르테스와 동시대를 살았던 철학자 한나 아렌트와 테오도르 아도르노의 운명, 아니 팔자를 사주로 풀이한 책이다. 심지어 그 책은 서점의 서양철학 서가에 꽂혀 있다. 아렌트와 아도르노라니. 그들이 설령 사주팔자의 기운으로 강제수용소를 피해 갔다고 치더라도, 수없이 죽어 나간 희생자들 앞에서 무엇이 운명이고 무엇이 아니라고 말하는 것은 차라리 모욕에 가깝다. 그렇다면 죄르지가 아우슈비츠 수용소에 끌려간 것은 운명이었나? 수용소에서 죽음을 피한 평균 25퍼센트의 사람에 속한 것도 운명이었나? 운명이라면 왜, 죄르지의 생년월일시를 확인해 봐야 하나? 차라리 인간은 변하지 않고 역사는 우연의 연속이며 나와 당신이 아주 먼 톱니바퀴로 연결되어 있으므로 내가 늘 신경을 곤두세우고 있겠다고 말하는 것이 비극적인 '운명'의 폭격을 맞은 이들에 대한 존중이다.

그런 면에서 아까 그 학교에서 학과 이름을 '운명풀이과' 나 '동양철학과'라고 하지 않고 '미래예측학과'로 해준 것은 감사할 대목이다. 운명이나 철학 같은 말들보다 훨씬 멋지다. 문제의 책을 접하고 나니 차라리 예의 바른 이름처럼 보이기도 한다. 사실 과 이름을 보자마자 떠오른 건 앨빈 토플러 같은 미래학자들이었긴 하지만. 이참에 전국의 철학관도 '미래예측센터'로 이름을 바꿔보면 어떨까? 갑자기 수많은 철학관이 미래예측의 산실이 되고 외국인의 필수 관광코스가 되며 한국은 미래예측 강국이 되는 상상이 떠오른다. 사주가 외국인에게도 적용되는 거였나? 아마 되겠지?

두 번째 노트

고독

© 김겨울

인간의 고독이란 외로움을 달래고 마음을 나눌 상대가 없다는 슬픔을 넘어서, 인간은 오로지 혼자 태어나 혼자 살아가다 혼자 죽을 수밖에 없다는 근본적인 깨달음이다. 우리는 매일 잠들기 때문에 이 깨달음은 매일 강화된다. 사랑하는 이와 함께 있더라도 결국 혼자 잠들 수밖에 없다는 것, 이 사람과 함께 죽을 수는 없다는 것, 마침내 우리는 홀로 존재한다는 사실이 잔인하게 달려든다.

고독의 세계,《프랑켄슈타인》

겨울밤, 몸을 웅크리며 잠을 청할 때마다 멀리 어른거리는 검은 실루엣을 본다. 나는 누군지도 모르는 그것을 그리워한다. 그것은 다가오다가도 흩어지고, 어둠이었다 사람이었다 한다. 말 걸어도 답하지 않고 손 뻗어도 만질 수 없는 그것에게 나는 나의 모든 것을 이야기하고 싶다는 소망을 갖는다. 매일 '죽음 같은 잠'을 맞이하며 그것이 나의 말을 들어주기를 수없이 갈망했으나, 밤은 밤새도록 차고, 모든 인간은 혼자 죽어야 한다.

나는 나를 이해하는 생명체를 창조하고 싶다고 느낀다.

그리고 내가 몇 번이고 죽었던 날들을 말해주고 싶다고 느낀다.

그러나 우리는 빅토르 프랑켄슈타인처럼 광기에 사

로잡힌 욕심으로 새로운 생명을 만들어낼 수 없다. 학문에 대한 광기도, 고독에 찬 몸부림도 생명 창조를 허락하지는 않는다. 그래서 빅토르에게, 괴물에게, 메리 셸리에게 묻는다. 생명을 창조하는 일에 대하여, 버림받는 일에 대하여, 그래서 영원히 고독한 일에 대하여. 그들에게서 들었다고 생각하는 답변을 조금 옮겨 적어둔다.

《프랑켄슈타인》이라는 이름을 모르는 이는 없겠지만, '프랑켄슈타인'이 그 괴물의 이름이 아니라는 것을 모르는 사람은 있을 테다. 괴물에게는 이름을 갖는 특권이 주어지지 않았다. 이름이란 관심이며, 괴물에게는 그 누구의 호의적인 관심도 주어지지 않았기 때문이다. 우리가 괴물의 이름으로 착각하곤 하는 '프랑켄슈타인'은 작중에서 괴물을 창조한 박사의 이름이자 그가 속한 가문의 성姓이다. 메리 셸리는 이 이름을 독일의 프랑켄슈타인 성에서 가져왔다고 한다.

우리는 얼마나 많은 계기들을 통해 '프랑켄슈타인'을 접해왔는가. 우리의 머릿속에서 프랑켄슈타인은 길쭉하고 네모난 얼굴에, 여기저기 실로 꿰맨 자국이 생생히 보이는 정형화된 캐릭터다. 이 이미지에 가장 결정적인 기여를 한 것은 단연 할리우드다. 유니버설 픽쳐스의 영화 〈프랑켄슈타인〉(1931)에서 처음으로 우리가 생각하는 괴물의 이미지가 나왔고, 영화에서는 괴물의 이름이 등장하지 않음에도 불구하고 그 괴물의 이름은 자연스럽게 '프랑켄슈타인'이 되었다.

그 이후로 수많은 작품에서 프랑켄슈타인은 하나의 기호화된 이미지로 쓰여왔다. 기호화되었다는 말은 그의 입체적인 부분이 삭제되고 최소한의 신호만 남았음을 의미한다. 어떤 신호를 볼 때 우리는 최소한의 의미만을 읽어낸다. 주차금지. 건너지 마시오. 금연. '프랑켄슈타인' 역시 여기서 멀리 떨어져 있지 않다. 나사못과 실밥, 인간이 창조한 괴물. 그러나 이름조차 갖지 못한 괴물에게 이것이 얼마나 잔인한 처사인지를 생각하곤 한다. 소설 《프랑켄슈타인》은 당연히 모든 소설이 그렇듯 '인간이 생명 창조를 했다가 벌받은 일'이라는 스무 자 요약이나, '머리에 나사가 박힌 괴물의 처지' 이상의 이야기다. 그 어떤 요약도 원작에 미치지 못하나, 프랑켄슈타인에 대한 이미지를 전달하기 위해 범박하게나마 적어본다.

《프랑켄슈타인》의 화자는 총 세 명이다. 처음 책을

읽는 독자가 본문의 첫 페이지를 펼친다면 한 번도 들어본 적 없는 이름에 당황할 수도 있다. 첫 번째 화자는 북극을 탐험하여 인류의 지식에 공헌하려는 열망에 가득한 청년 로버트 월턴이기 때문이다. 그는 북극 탐험 중 썰매를 타고 괴물을 좇던 프랑켄슈타인 박사를 구조한다. 며칠을 함께 지내며 프랑켄슈타인이야말로 진정한 벗이 될 만한 사람이라고 생각한 월턴은 그에게 자기 벗이 되어주기를 청한다.

그러자 프랑켄슈타인은 자신의 이야기를 들려주겠다고 하는데, 그렇게 등장하는 두 번째 화자가 빅토르 프랑켄슈타인이다. 그는 자신이 자라난 환경, 괴물을 창조하게 된 과정과 그 괴물이 자기 친척을 죽이며 대적하게 된 이야기를 들려준다. 어렸을 적 책을 읽던 이야기, 대학에서 과학을 처음 접하게 된 이야기, 생명 창조의 비밀을 알게 된 이야기가 이어진다. 그러다 괴물을 다시 만났을 때 괴물이 들려준 이야기를 괴물의 입장에서 전해주어, 그 괴물이 세 번째 화자가 된다.

괴물은 자신이 창조된 순간부터 프랑켄슈타인을 만나기까지, 비참한 존재로서 겪은 수많은 절망을 절절히 이야기한다. 얼마나 많은 사람이 자신을 손가락질

하고 두려워했는지, 얼마나 크게 믿었던 이들이 자신을 외면했는지, 어떻게 겨우 언어를 익혔는지. 자신이 숨어있던 오두막의 사람들이 얼마나 선량했으며, 그들이 정혼을 약속했던 터키 여성이 돌아오자 얼마나 따뜻하게 환영하고도, 자신에게는 아주 조금의 온기도 허락하지 않았는지.

괴물이 빅토르에게 자신과 같은 종의 이성異性을 창조하기를 요구하면서 마이크는 다시 프랑켄슈타인에게로 넘어오고, 이를 거부한 프랑켄슈타인과 괴물이 서로 복수심을 불태우다 마침내 파멸을 맞이하면서 마이크는 로버트 월턴에게로 돌아온다. 처음과 마찬가지로 월턴은 누이에게 보내는 편지로 전체 소설을 마무리한다.

이 이중의 구조 속에서 읽어낼 수 있는 이야기는 수없이 많을 테다. 누군가는 치밀한 상상력을 보고, 누군가는 계몽 시대의 정신을 보고, 누군가는 액자 구조의 매력을, 플롯의 정합성을, 출산과 창조의 유비를 읽어낼 테지만 내가 가장 먼저 읽은 것은 지독한 고독이었다. 바통을 넘기고 받는 화자들 사이로 깊은 고독이 스며 올랐다. 결국은 이들 중 누구도 사람들과 함께 행복하지 못했고, 누구도 사람으로 구원받지 못했다.

로버트 월턴의 고독은 깊이 마음을 나눌 친우가 없다는 데서 오는 고독이다. 그는 첫 편지부터 이런 심경을 토로한다. "한 가지 부족한 점이 채워지질 않는군요. 저는 친구가 하나도 없습니다, 마거릿 누님." 그의 고독은 활기찬 모험심과 지식에 대한 호승심으로 상쇄되는 듯 보인다. 그러나 진정한 벗으로 삼고 싶었던 빅토르 프랑켄슈타인마저 죽음을 맞이함으로써 로버트 월턴의 갈망은 좌절된다. 그의 탈출 시도는 실패했다. 물론 그에게는 친한 누이 마거릿이 있지만 마거릿은 극 중에 한 번도 등장하지 않는다. 마거릿은 이 전체 이야기의 청자로서 《프랑켄슈타인》을 읽는 독자를 대변하고 있다. (마거릿 월턴 새빌의 이니셜이 메리 울스턴크래프트 셸리의 이니셜과 같다는 점은 우연일까?) 그 말은 반대로 월턴이 오로지 이야기를 전달하는 역할을 담당하고 있다는 뜻이고, 그런 그에게는 소설 밖의 세상으로 뛰쳐나가 구원받을 여지가 많지 않아 보인다. 영화에서 스크린이 어디로 도망가겠는가. 심지어 소설 속의 몇몇 편지는 사실상 마거릿이 읽을 가능성을 전제하지 않고 쓰이기도 했다. 불쌍한 월턴, 하지만 그는 아직 젊고 혈기 왕성하니 새로운 벗을 찾을 수 있기를 바라보자.

빅토르 프랑켄슈타인의 고독은 회한과 맞물려 있다는 점에서 지독하다. 그의 어린 시절은 따뜻하고 아름다운 가족의 사랑으로 가득 차 있으나, 감히 창조를 행한 후 그의 삶에는 황량한 외로움만이 남았을 뿐이다. 괴물에게 조카를 잃고, 조카를 죽였다는 혐의로 가족 같았던 하녀를 잃고, 가장 사랑하는 벗 클레르발을 잃고, 소꿉친구이자 결혼 상대였던 엘리자베트를 잃고, 아버지를 뇌졸중으로 잃은 그에게 이제 무엇이 남았을까. 소설 《프랑켄슈타인》이 마음을 서늘하게 하는 대목은 여러 군데 있으나, 사랑하는 사람들을 그렇게 차례로 잃은 후에마저도 괴물의 복수는 끝나지 않아 "그저, 내 사랑하는 친지들을 한 명씩 모두 잃어버렸다는 것만 알면 된다."고 말하는 대목은 그 슬픔으로 섬뜩하기까지 하다.

괴물의 고독은 오로지 고독밖에 모르는 이의 고독이다. 무지한 채 태어나 맹목적으로 따뜻함을 갈구했으나 그 누구도 그에게 응답해 주지 않아 자리 잡은 고독. 단 하나의 존재도 자신과 같지 않다는 깨달음에 매달려 있는 고독. 혹시나 하는 마음에 손을 내밀어봤으나 그런 그에게 돌아온 것이 비명을 지르는 사람들의 공포에 질린 얼굴일 때, 아주 밑바닥에 켜켜이 쌓인 증오, 복수심. 그럼에도 포기할 수 없는 사랑과 선의에 대한 갈증. 이 모든 감정이 대체 무엇인지도 몰랐을 때, 이를 표현할 언어마저 알지 못했을 때, 그는 얼마나 영문을 몰랐을 것이며 얼마나 사람들을 원망했을 것인가. 마침내 빅토르 프랑켄슈타인이 죽음을 맞이했을 때 그가 달려와 얼굴을 파묻고 통곡한 이유는, 설령 그것이 증오에 가득 찬 것이라 할지라도, 그가 유일하게 대화를 나눌 수 있었던 상대이기 때문일 테다.

괴물을 변호하고 싶은 것은 아니다. 관심과 사랑을 받지 못한 피조물의 복수가 창조자를 고독으로 몰아넣는 여러 차례의 살해라면 그를 용서하기는 힘들다. 동시에 책임지지 못할 생명을 창조해 낸 창조자는 어떠한가. 그 역시 자신의 광기에 사로잡혀 다가올 결과에 대한 생각도, 피조물에 대한 배려도 없었던 이기적인 광인이었을 뿐이다. 머리가 꼬리를 잡아먹는 우로보로스처럼 그들은 그들이 만든 세상 안에서 서로를 잡아먹으며 파멸을 향해갔다. 빛나는 사랑을 가졌다가 잃어버린 프랑켄슈타인 박사와 한 번도 사랑을 가져본 적 없는 비참한 괴물은 서로가 서로의 원인이자 결과일 따름이다.

이토록 현실 세계와 유리되어 보이는 이들의 이야기는, 오히려 그렇기에 우리가 느끼는 강렬한 감정을 상기시킨다. 어떤 인간은 프랑켄슈타인의 방법으로, 어떤 인간은 괴물의 방법으로 고독하다. 어떤 인간은 괴물의 방법으로 고독하다가 사랑에 빠져 마침내 프랑켄슈타인의 방법으로 고독하다. 나는 빅토르에게서도 나를 보고, 괴물에게서도 나를 본다. 버림받아 울부짖는 외로움과 어리석게 스스로를 고립시키는 외로움을 모두 느낀다. 모두가 '다 같이 외로운' 아이러니. 탈출은 불가능하다.

거의 모든 개별 생물체는 '나'와 '내가 아닌 것'을 구분하는 경계선 안에 살고 있다. 몸이라는 경계선이다. 내 몸과 내 몸이 아닌 것 사이에는 명확한 구분이 있고, 우리는 원하든 원치 않든 평생 그 안에 갇혀 살다 죽게 되어 있다. 이 계약서에 서명한 적은 없지만, 그냥 그렇게 결정된 것이다. 신체의 면역 반응도 이 구분에서 시작된다. 내 몸에 속하지 않은 물체가 들어왔을 때 육체는 본능적으로 이를 밀어낸다. '육체는 정신의 감옥'이라는 말은, 정말로 감옥인지는 잘 모르겠으나, 정신이 그 밖으로 결코 나갈 수 없다는 점에서 지극히 타당한 말이다.

우리는 이 조건을 전제로 해서 사회의 규범을 만들어왔다. 어떤 인간이 범죄를 저질렀다고 했을 때, 그 범죄를 저지른 육체에 대응하는 정신은 하나뿐이다. 몇몇 특수한 경우를 제외하고 우리는 육체와 정신이 한 쌍으로 묶여 있다는 점에 근거하여 사람을 바라본다. 어제 키스를 나눈 사람이 오늘 다른 정신의 소유자일 수는 없는 것이다. 이러한 인간의 자기동일성은 편리한 만큼의 반대급부를 가져왔다. 그 어떤 인간도 피해 갈 수 없는 근원적인 고독이다.

동물 역시 '나'와 '나 아닌 것'의 구분 속에서 살고 있으나, 인간의 고독은 동물의 고독과는 조금 다르다. 인간의 고독이란 외로움을 달래고 마음을 나눌 상대가 없다는 슬픔을 넘어서, 인간은 오로지 혼자 태어나 혼자 살아가다 혼자 죽을 수밖에 없다는 근본적인 깨달음이다. 우리는 매일 잠들기 때문에 이 깨달음은 매일 강화된다. 사랑하는 이와 함께 있더라도 결국 혼자 잠들 수밖에 없다는 것, 이 사람과 함께 죽을 수는 없다는 것, 마침내 우리는 홀로 존재한다는 사실이 잔인하게 달려든다.

통증 역시 인간이 고독을 실감하게 만드는 계기가 된다. '나'의 육체에 경계를 짓는다면 아마 아픈 곳까지를 '나'라고 부를 수 있을 테다. 아픔을 공유할 수 있다면 우리는 조금 덜 외로울까. 뇌에 있는 거울 신경*mirror neuron*이 비슷한 역할을 맡고 있긴 하다. 다른 사람의 고통을 보면서 괴로워할 수 있는 이유는 이 신경 덕분이다. 그러나 이는 어디까지나 타인의 통증에 대한 뇌의 소극적인 시뮬레이션에 불과하며, 실제로 동일한 통증을 느끼게 하지는 않는다. (그럴 수 있었다면 이 세상에 《쏘우》 같은 영화는 나오지도 않았을 것이다.) 아프고 잠드는 모든 인간에게 고독은 늘 있다.

고독孤獨은 그 단어 안에 이미 '외로움孤'을 포함한다. 홀로獨라는 글자만으로는 충분치 않았나 보다. 홀로 있으면 반드시 외롭기 때문일까. 고독을 의미하는 영어 단어 'solitude '에는 때에 따라 주체적인 뉘앙스도 포함되어 있다. '홀로'라는 옛 라틴어 'solus'에서 나온 이 단어는 혼자 있는 상태 자체를 의미하며, 때로는 자신이 자발적으로 선택하여 혼자가 된 상태를 가리킨다. 한국어에 이런 뉘앙스를 포함하는 단어가 있을까. '단독單獨', '독자獨自' 정도의 단어가 떠오른다. '단독'이라는 단어에 '자者'를 붙여 '홀로 있는 사람'을 가리키는 '단독자單獨者'라는 (사전에 없는) 단어를 생각해 보면, '단독'이 가장 가까운 단어인 듯하다. 반대로 우리나라 말처럼 그 자체에 외로운 심사를 포함하고 있는 영어 단어에는 'loneliness'가 있다.

그러니까 홀로 있는 상태는 외로울 수도 있고 아닐 수도 있다. 우리는 자발적으로 혼자 있기를 선택할 수도 있고 그렇지 않을 수도 있다. 하지만 고독 자체는 선택되지 않는다. 우리는 태어날 때 이미 고독으로부터 선택받았기 때문이다. 이 사실을 알든 모르든 고독은 모두에게 공평하다. 자신이 고독한 상태라는 자각은 무의식 속에 깔려 있다가 이따금 외로움, 쓸쓸함, 우울과 같은 감정을 얼굴로 하고 부지불식간에 우리를 덮친다. 이 경험을 가장 극단적인 형태로 밀어붙이면《프랑켄슈타인》에 등장하는 세 가지의 고독이 된다.

서로 다른 육체를 가지고 있으나 정신을 공유하는 존재를 상상해 본다. 애니메이션 〈공각기동대〉의 타치코마라든지, 영화 〈인터스텔라〉의 타스와 케이스라든지. 실제로 존재하지 않기에 하나같이 공상과학 작품에만 등장하는 이 존재들은 어떤 생각을 하며 살아갈지 상상

ⓒ 김겨울

해 본다. 그들은 고독하지 않을까. 내 육체 밖에 내 정신을 이해하는 존재가 있다는 것이 그들에게 위로가 될까. 그들은 홀로 존재해 본 적이 없으니 고독도 모를 테지. 말하지 않아도 마음을 알아주는 이들과 눈인사를 하겠지. 혼자만의 생각, 시간, 잡념도 없을 테다.

그들처럼 살기를 선택할 수 있다면 그런 삶을 선택할 것인가. 이 질문에 '아니오'라고 답했다면, 꼼짝없이 우리는 단독자로 존재하고 싶다는 열망만큼의 값을 치르고 있는 셈이다.

메리 고드윈

《프랑켄슈타인》의 지독한 고독 속에서 저자의 얼굴을 본다. 메리 셸리*Mary Shelley*(1797~1851). 여성주의자이자 급진파 사상가였던 메리 울스턴크래프트*Mary Wollstonecraft*(1759~1797)의 딸로 태어나, 태어난 지 열흘 뒤에 어머니를 잃고, 아버지인 급진파 정치가 윌리엄 고드윈 아래에서 자라나지만, 새어머니와의 관계 때문에 기숙학교에 들어가지 못하고, 집에 넘치게 가득한 책과 집을 방문한 지식인들의 어깨너머로 지식을 쌓은 이 똑똑한 여성이 무슨 생각을 하며 살았을지 상상해 본다. 그에게 마음을 주고받을 여성이 있었을지 뒤늦은 걱정을 한다.

메리 고드윈(메리 셸리의 결혼 전 이름)에게는 이부자매가 있었으나, 똑똑하고 명민했던 메리와 달리 그는 소심하고 조용한 성격이었다. 패니 임레이라는 이름을 가진 그는 메리 울스턴크래프트가 윌리엄 고드윈과 결혼하기 전 다른 애인과의 사이에서 낳은 아이였다. 메리 울스턴크래프트는 윌리엄 고드윈과 마찬가지로 혼인이 인간의 본성을 옥죄는 제도라고 생각했지만, 패니를 낳고 고된 미혼모로서의 삶을 겪었기에 딸 메리를 임신하자 윌리엄 고드윈과 결혼을 결심한다.

메리 고드윈은 어머니의 부재와 흔적을 함께 경험하며 자라났다. 서재에는 메리 울스턴크래프트의 초상화가 걸려 있었다. 그가 읽던 책들과 그가 쓴 글도 많았다. 윌리엄 고드윈이 딸들을 쓰다듬어주는 다정한 아버지는 아니었던 모양이지만, 패니와 메리를 진심으로 사랑했고 — 패니보다는 메리를 조금 더 사랑했지만 — 그들이 조용하고 지적인 분위기에서 자랄 수 있도록 뒷받침해 주었다. 고드윈 주변의 급진주의 정치가들과 철학자, 시인들도 똑똑한 메리를 사랑했다. 그들은 메리가 어머니를 닮아 명민하다고 생각했다. 메리는 두 사상가 사이에서 태어나 글쓰기 실력을 물려받은 딸이었다.

문제는 재혼이었다. 옆집으로 이사를 온 메리제인 클레어몬트라는 여성의 적극적인 구애와, 아내가 없는 삶을 감당하기 힘들어했던 윌리엄 고드윈의 필요가 맞아떨어져 둘은 결혼했다. 메리제인에게는 서로 다른 남자에게서 낳은 딸과 아들이 하나씩 있었고, 순식간에 고드윈 가는 조용했던 과거와는 완전히 다른 곳이 되었다. 메리제인은 패니와 메리를 돌보던 사람들을 모두 해고했고, 급진파의 위세가 떨어져 돈을 벌지 못하는 윌리엄 고드윈을 닦달하며 자녀 다섯을 키웠다. 메리 고드윈은 메리 울스턴크래프트가 남긴 책을 읽고 메리제인이 연 가게에서 일을 하며 자라났다.

만으로 열다섯 살이 되던 해인 1812년에 메리 고드윈은 아버지의 지인인 윌리엄 백스터의 권유로 스코틀랜드로 향한다. 엄격한 아버지와 무관심한 새어머니에게서 벗어나 백스터의 집에서 지내게 된 메리는 자유를 만끽했다. 백스터의 딸 이사벨라와 한 방을 나누어 쓰면서 단짝 친구가 되기도 하고, 바닷가를 거닐며 재미있는 이야기를 머릿속으로 떠올리기도 했다. 2년 뒤인 1814년에 집으로 돌아온 열일곱의 메리는 스물한 살의 퍼시 비시 셸리를 처음 만난다. 아버지의 제자였다.

퍼시 셸리는 메리 울스턴크래프트의 《여성의 권리 옹호》와 윌리엄 고드윈의 초기작들을 읽었고, 예전의 윌리엄 고드윈과 마찬가지로 일부일처라는 제도를 벗어난 급진적인 사상과 자유로운 사랑을 추구했다. 그런데 부인 해리엇이 딸을 낳으면서 돈과 정착이라는 현실로 미끄러져 내려갔고, 결국 퍼시는 해리엇을 떠났다. 이미 무신론적인 글을 썼다는 이유로 옥스퍼드 대학에서 퇴출당하고 어머니와 남매와도 연락이 차단된 상태였다. 한편 메리는 스코틀랜드에서 누렸던 자유로운 시간 대신 새어머니 메리제인, 언니 패니, 여동생 제인, 남동생 윌리엄과 함께하는 껄끄러운 티타임을 가져야 했고, 깊은 외로움에 빠져 있었다.

젊고 똑똑한 청년이었던 둘은 드라마틱한 사랑에 빠진다. 둘은 윌리엄 고드윈과 메리제인의 반대를 피해 프랑스로 도피하여 퍼시 셸리가 사망할 때까지 8년 동안 유럽을 떠돌며 살았다. 메리 고드윈과 퍼시 셸리, 그리고 메리의 자매인 제인 고드윈 셋이 함께한 방랑 생활은 가혹했다. 돈은 늘 부족했고, 고생하며 찾아간 유럽의 다른 도시들도 기대에 미치지 못했다. 허름한 숙소를 전전하며 셋은 지쳐갔다. 떠난 이듬해 영국에 돌아오기도 했지만 이미 이들에 대한 소문이 파다하게 퍼져 아무도, 가족마저도 그들을 받아주지 않았다. 셋은 보금자리를 꾸렸으나 퍼시를 두고 메리와 제인(클레어로 이름을 바꾼다)이 경쟁하면서 셋의 공동체 역시 불안정한 상태로 지속된다. 메리가 임신해 있는 동안 퍼시와 제인이 가까워졌던 것이다. 메리는 1815년 미숙아로 태어난 첫째 딸을 잃으면서 더욱 실의에 빠진다.

클레어는 지속적으로 메리에게 경쟁의식을 느끼며 여러 사건을 일으키는데, 그중 하나가 바이런과의 만남이다. 희대의 시인이자 미남이었던 바이런이 런던에 돌아왔다는 소문이 퍼지고, 클레어는 바이런에게 열렬한 팬레터를 보내며 친분을 쌓는다. 바이런이 제네바로 휴가를 간다는 소식을 듣자 클레어 역시 메리와 퍼시에게 제네바로 가자고 권했고, 삶에 지쳐있던 둘 역시 응하면서 넷은 조우하게 된다. 여기에 바이런의 의사 폴리도리가 합류하여 일행은 다섯이 되었다. 1816년은 인도네시아의 화산 폭발로 세계적으로 추운 해였고, 이들은 5월의 눈 폭풍이 지나가길 기다리고 나서야 스위스 제네바에 도착한다. 《프랑켄슈타인》의 서문에도 나오듯, 이 문제의 소설은 1816년 6월 중순의 밤 바이런, 퍼시 셸리, 메리 고드윈, 폴리도리가 윌리엄 로렌스의 해부학에 관해 이야기하다가, 다음날부터 각자 초자연적인 현상에 대한 이야기를 하나씩 쓰기로 하여 탄생한 것이다.

1816년 6월에 쓰기 시작해 1817년 3월에 완성한 이 이야기를 이후 메리는 자신의 '악마 같은 자손'이자 '확장'과 같은 소설이라고 이야기했다. 《프랑켄슈타인》 안에는 정확한 연도가 나오지 않으나, 극 중 로버트 월턴이 '편지4'에서 7월 31일을 월요일이라고 쓴 것으로 보아 1797년이라고 추정할 수 있는데, 이 해는 메리 셸리가 태어난 해다. 자기 삶이 《프랑켄슈타인》이라는 소설로 다시 태어난 것이다.

《프랑켄슈타인》을 쓰는 동안 메리는 집과의 유일한 연결 통로였던 패니 임레이를 잃는다. 패니는 자살했다. 패니는 "불행한 탄생과 자신의 삶을 낫게 만들기 위해 노력한 사람들에게 상처만을 주던 삶을 끝내겠다."고 유서를 남겼지만 고드윈과 메리제인은 메리의 책임이 없지 않다고 생각했다. 곧이어 퍼시의 아내였던 해리엇도 임신한 상태에서 자살한다. 얼마 후 메리 일가와 교류하던 시인 헌트의 비서 배스 역시 집 뒤에 있는 연못에서 자살 시도를 한다. 배스는 아편에 손을 댔고 헌트의 부인 마리앤은 술에 손을 댔다. 메리 곁에 있던 여성들이 하나, 둘씩 떠나가고 있었다. 처음 그를 낳고 떠나갔던 어머니처럼.

메리와 퍼시, 클레어, 헌트, 배스와 마리앤, 그리고 그들의 자녀들이 북적이는 집에서 메리는《프랑켄슈타인》을 완성했다.《프랑켄슈타인》은 출간되자마자 작가가 무신론자로 보인다는 이유로 큰 비판을 받았고, 떠들썩했던 것과는 달리 처음의 판매량은 그다지 높지 않았다.《프랑켄슈타인》 이후에 완성했지만 두 달 먼저 출간했던《6주간의 여행 이야기》 역시 잘 팔리지 않았다. 게다가《프랑켄슈타인》을 익명으로 출간했던 메리는 '《프랑켄슈타인》은 퍼시가 쓴 것이 아니냐'는 추측을 조용히 바라보고 있어야 했다. 윌리엄 고드윈에게 바친 서문에 이토록 기괴한 이야기라면 젊은 여성인 메리가 아닌 퍼시가 작가일 확률이 높다고들 생각했다. (이후에 메리가 작가임이 밝혀지고 얻은 명성은 실로 다행스럽기만 하다.)

퍼시의 빚 문제와 건강 문제로 메리 일가는 이탈리아로 자리를 옮긴다. 메리는 베니스, 나폴리, 로마, 레리치를 거치면서 소설 《마틸다》(1820)와 《발퍼가》(1823), 희곡《페르세포네》,《미다스》 등을 썼다. 이탈리아에서도 죽음은 이어졌다. 메리는 둘째 클라라와 셋째 윌리엄을 잃고, 넷째 퍼시 플로렌스 셸리를 낳는다. 레리치에서는 다섯째를 임신했지만 유산을 했고, 퍼시가 죽는다. 바이런, 헌트와 함께 급진파 잡지 창간에 대해 논의하고 돌아오던 중 폭풍우를 만나는 바람에 배가 전복되었던 것이다. 1822년 도피 후 8년이 흐른 때였고, 이제 메리는 여러 번의 탄생과 죽음을 겪은, 아들 하나를 둔 스물다섯의 여성이었다.

이후에는 퍼시의 아버지인 티모시 경에게서 아들 퍼시 플로렌스의 몫으로 약간의 돈을 받으며 어려운 삶을 이어나갔고, 죽은 퍼시를 떠올리며 쓴 《최후의 인간》(1826)을 집필했다. 메리의 사정을 알고 있었고 그에게 반하기도 한 존 하워드 페인에게 청혼을 받기도 했지만 거절했다. 메리는 계속 글을 썼다. 《퍼킨 워벡의 행운》(1830), 《로도어》(1835), 《포크너》(1837)를 잇달아 썼고 여성 잡지에도 글을 실었다. 《프랑켄슈타인》의 개정판(1831)을 냈다. 퍼시가 썼던 시를 모아서 정리하기도 했다. 《프랑켄슈타인》의 판권을 팔고, 퍼시의 작품을 편집하여 돈을 벌었다.

1840년부터 1842년까지는 아들과 함께 대륙을 여

행했다. 메리는 이 여행의 기록을《1840, 1842, 1843년 독일과 이탈리아 산책》(1844)으로 남겼다. 아들이 결혼한 후에는 셋이 함께 살았고, 1851년 죽음을 맞이했다. 뇌종양이었을 것으로 추정된다.

메리 셸리의 삶에서 가정이란 대체로 불안정하거나 결핍된 무엇이었다. 태어나자마자 어머니는 죽었다. 이질적인 사람들이 모여 있었던 메리의 집에서 가장 마음을 맡긴 사람은 아버지 윌리엄뿐이었고 그것만으로 아늑한 가정을 경험하기는 어려웠다. 아버지마저도 도피 직후에는 메리와 사이가 크게 틀어졌다. 사랑하는 사람과 만든 새로운 공동체는 불안정했다. 집과의 통로였던 패니 임레이는 자살했다. 자신 때문에 가정을 잃은 해리엇 역시 자살했다. 남편 퍼시 역시 사고로 죽었다. 말하자면 평생의 삶에서 그는 자신을 지지해 주고 마음을 나눌 하나의 지속적인 공동체를 갖지 못했다. 그에게 영원히 돌아가고 싶은 마음속의 고향이란 언제의 어디였을까? 중년 이후의 삶은 오히려 조금 나았을까? 돌아갈 곳이 없는 사람에게 삶이란 늘 새롭게 덮쳐오는 해일이다. 정박할 땅 없이 파도 속에 휩쓸리는 동안 그 짜고 쓴맛에 길들여지나 그것이 파도의 탓인지 눈물의 탓인지 알 수 없는 나날이 이어진다. 고향 없는 마음.

그래서일까. 《프랑켄슈타인》에는 따뜻한 가정에 대한 그의 갈망과 그 가정이 파괴되었을 때의 절망이 반복적으로 드러난다. 빅토르가 어리석은 일을 저질러 가족을 잃는 이야기라고 할 수 있을 정도다. 이런 측면을 곧바로 메리 셸리의 삶과 연결 짓는 것은 자칫 무례하거나 위험한 일일 수 있지만, 이 소설이 메리 셸리의 첫 소설임을 생각해 보면, 그리고 특히 《프랑켄슈타인》을 집필하던 시기를 생각해 보면, 간접적으로나마 영향이 있었다고 말해도 무리가 되지는 않을 것이다. (게다가 앞서 말했듯 메리 셸리는 이 소설을 두고 자신의 '확장'과 같은 소설이라고 이야기한 바 있다.)

메리는 이후에 《프랑켄슈타인》이 자신이 꾼 악몽에서 시작되었다고 말했지만, 정말 그랬는지는 알 수 없다. 《프랑켄슈타인》을 낳을 만큼 그의 삶은 불안했고 정신은 높았으며 고독은 깊었다. 지성이 숨 쉬는 환경 속에서도 제대로 교육받지 못했고, 열렬한 사랑과 낭만을 경험했으나 현실은 고단했고, 주변의 자살과 참척慘慽을 겪으며 죽음을 실감했다. 그는 괴물처럼 자신의 창조자에게 버림받았고 빅토르처럼 자신이 낳은 여러 생명을 잃었다. 그는 뛰어난 지성과 감성을 지녔기에 사회가 요구하는 전통적인 여성이 될 수 없었고 여성이었기에 사회의 한복판에 뛰어들 수도 없었다. 죽음과 사랑, 지성과 억압, 행복과 불행이 뒤엉켜있었던 메리 셸리의 삶을 가만히 들여다보고 있으면 《프랑켄슈타인》이 그의 확장이라고 말한 이유를 어림할 수 있게 된다.

메리는 계속 글을 썼다. 53년의 삶 속에서 수많은 사람이 죽고 그를 떠나가도, 돈이 부족해도, 사랑에 상처받아도, 여행을 해도, 가끔 평온하고 행복한 일상이 찾아와도 글을 썼다. 그것이 그의 유일한 안식처였을까? 스코틀랜드에서의 자유와 제네바에서의 평온, 이탈리아에서의 행복이 그에게 아주 잠시의 일이었다는 것은 얼마나 슬픈 일인지. 그가 조금 더 평온한 환경에서 행복하게 살 수 있었다면 《프랑켄슈타인》은 태어나지 않았을지도 모른다. 그것은 나쁜 일이었을까? 이미 벌어진 일을 되돌릴 수는 없으므로, 차라리 그가 안녕하게 살았더라면 더 좋았을 것이라는, 이제 와서는 의미 없겠지만 진심을 담은 위로를 건네고 싶다. 아니, 어쩌면 총명함과 예술성을 타고난 이에게 이런 위로는 필요 없는 것일지도 모르겠다. 둘 곳 없는 마음으로 쓰고 또 썼던 여성에게, 진심을 담은 손 키스를 보낸다.

생각하는 여자는 괴물과 함께 잠을 잔다

메리 셸리가 결혼하기 전의 이름은 그의 어머니의 이름과 완전히 같다. 메리 울스턴크래프트 고드윈. 이 이름을 가진 두 사람이 살았던 시대는 결코 여성에게 호의적인 시대가 아니었다. 남편이 부인을 때리더라도 큰 일로 취급되지 않았고, 여성을 교육의 대상으로 보지도 않았다. 여성은 남성의 소유물이지 '시민'이 아니었기 때문이다. 그런 시대에 메리 울스턴크래프트는 여성이 남성과 동등한 권리를 부여받아야 할 인간임을 역설한 책《여성의 권리 옹호》(1792)를 남겼다.

그 이전 시대와 마찬가지로 계몽주의 시대의 '인간'이란 '남성 인간'을 의미했다. 사회계약론으로 유명한 루소*Jean Jacques Rousseau*(1712~1778)가 "여성은 남성을 즐겁게 하기 위해 태어난 존재"라고 말했을 정도로, 이런 인식은 당시만 해도 자연스러웠다. 그러나 계몽주의 시대의 가치가 '이성을 지닌 인간의 끊임없는 진보'라면, 대체 왜 여성은 이성을 지닌 온전한 인간일 수 없는가. 이 의문이 메리 울스턴크래프트를 흔들었다.

서구 유럽의 17~18세기 계몽주의 시대는 그야말로 격변의 시대였다. 기독교가 삶을 관장하던 중세에서 벗어나, 16세기의 종교혁명, 16~17세기의 과학혁명을 거쳐 근대 세계로 나가던 근대의 여명과도 같은 시기다. 프랑스에서는 삼권분립을 주장한 몽테스키외의 《법의 정신》(1748)이 출간되었고, 프랑스 대혁명(1789)이 일어났으며, 독일에서는 '계몽주의 철학의 완성자' 칸트*Immanuel Kant*(1724~1804)가 살았던 때다. 신의 권위에 의존하기보다 인간이 지닌 이성의 힘을 믿고, 그를 바탕으로 진리를 발견하고자 하며, 국가란 인민을 위해 존재한다는 믿음이 싹트던 시절. 자연권, 저항권, 자유와 평등 등의 개념은 이때 폭발적으로 확산했다. 인간의 역사에서 이토록 인간 자신의 힘을 자신하던 때가 있었던가 싶을 정도로, 계몽주의 시대는 인간의 권능을 본래 신, 혹은 왕이 있던 자리로 힘차게 밀어 올렸다. "감히 지성을 사용할 용기를 가져라! 스스로 생각하라!

미성숙으로부터 탈출하라!*Sapere Aude!*"

계몽주의 시대의 자신감은 1, 2차 세계대전 등을 거치며 꺾이고 반박당한 지 오래지만, 이때만 하더라도 인간은 무엇이든 할 수 있을 존재였다. 이런 분위기 속에서도 여성이 배제되었다는 사실이 놀라울 정도다. 여기에 반기를 든 사람들이 있었다. 그중 대표적인 사람이 프랑스의 올랭프 드 구주*Olympe de Gouges*(1748~1793)다.

그는 여성에게도 참정권을 줘야 한다고 주장해 모두를 놀라게 했다. 이 주장이 놀라웠다는 것이 놀라울 따름이지만, 프랑스에서 1944년, 스위스에서는 1971년, 사우디아라비아에서는 2015년에서야 여성에게 선거권을 부여했다는 점을 생각하면 올랭프 드 구주는 선구자 중에서도 선구자였던 셈이다. 드 구주는 "여성이 교수대에 오를 수 있다면 연단에도 오를 수 있다."고 말하며 〈여성과 여성 시민의 권리 선언〉을 썼으나, 공포정치 아래에서 그가 쓴 희곡은 왕정주의를 지지한다는 혐의를 받았고 결국 그는 교수대에서 처형되었다.

메리 울스턴크래프트는 드 구주처럼 적극적인 정치 활동을 하지는 않았지만, 《인간의 권리 옹호》(1790)와

《프랑스 혁명의 기원과 발전에 대한 역사적 및 도덕적 관점》(1794) 등을 썼던 급진파 정치사상가답게 철학과 정치의 언어로 시대를 비판했다. 책에서 그는 여성 역시 남성과 동일하게 이성을 지닌 존재이며, 여성을 동등하게 교육해야만 인간의 발전이 가능하다고 주장했다. 그는 평생 자기 생각을 정연한 글로 남김으로써 스스로의 주장을 인생으로 살아냈다.

울스턴크래프트는 루소의 주장을 정면으로 반박하며 책을 시작한다. 여기에서 루소의 주장이란, 인간이란 문명 상태에 있을 때보다 자연 상태에 있을 때 더욱 온전하고 행복하다는 내용을 골자로 한다. 자연 상태란 사회계약론자들이 상정한 가상 상태로서 사회나 국가 성립 이전의 상태를 이야기한다. 루소는 자연 상태의 인간은 좋은 품성을 지니고 있으나 문명화가 될수록 그것으로부터 멀어진다고 봤다.

루소는 철학자로서 처음 주목받았던 1750년 프랑스 디종아카데미 현상공모전의 당선작 《학문예술론*Discours sur les Sciences et les Arts*》에서부터 이후의 저작에 이르기까지 일관성 있게 이 주장을 이어간다. 의아하다. 루소는 계몽주의자가 아니었던가. 계몽주의자라면 응당 학문과 예술이 인간을 유익하게 만든다고 봐야 하는 것 아닌가. 그러나 루소는 학문과 예술의 발달이 오히려 풍속을 해치는 데 기여하고 있다고 비판한다.

정확히 말하면 그가 비판하고 있는 것은 학문 자체가 아니다. 위선이다. 타고난 본성에서 우러나오는 겸허한 미덕이 아닌, 이기적인 욕구를 예의로 감싸 사람들을 속이는 위선이 인간의 풍속을 해치고 있다고 루소는 봤다. 시기심과 증오, 배반과 같은 감정이 정중하고 예의 바른 태도라는 탈을 쓰고 있다는 주장이다. 학문과 예술은 필연적으로 당대의 인정이나 금전을 향한 욕망을 불러일으키고, 창작자와 향유자 모두에게 사치를 유발하여 인간을 타락시킨다. 예술의 수준은 점점 떨어진다. 그렇기에 루소는 미덕을 타고난 소수의 사람만이 학문과 예술에 매진해야 한다고 주장했다.

이에 대해 울스턴크래프트는 루소의 논거들이 잘못된 가설 위에 세워졌으며, '문제를 제대로 가려내는 대신 겨를 버리느라 밀까지 버린 것'이라고 비판한다. 루소는 마치 문명이 인간을 타락시킨 양 말하지만, 사실상 인간을 타락시킨 것은 문명 자체가 아닌 문명이 만들어낸 권력관계였다고 울스턴크래프트는 말한다. 급진파 사상가다운 지적이다. 많은 사람이 지성을 갖출수록 왕권이 위험해졌고, 이에 따라 궁정에서는 사치와 미신을 끌어들여 왕권의 독재를 이어가고자 했다는 것이 반박의 요지다.

이 구조는 여성 문제에서도 유사하게 적용된다. 남성이 여성을 어리석은 상태로 둠으로써 권력을 유지한다는 비판이다. 남성 사회는 여성의 지성은 무디게 하고 감각은 예민하게 함으로써 '남성의 독재'를 공고히 하고 '여성들을 노예화'한다는 것이다. 그 대신 남성들은 '여성이 남성을 은밀하게 지배한다'는 신화를 퍼뜨린다. 우리에게도 이런 논리는 낯설지 않다. '세상을 움직이는 건 남자고, 남자를 움직이는 건 여자'라는 말은 세상을 움직이지 못하는 여성의 처지를 기만하는 말이라는 것을, 이제 우리는 안다.

> 이렇게 우리에게 부드럽고 가정적인 짐승이 되기만을 충고하는 그들은 우리를 얼마나 지독하게 모욕하는 것인가! 예를 들어 [남성에게] 복종함으로써 [남성을] 지배하는 매력적인 부드러움이 매우 열렬히, 그리고 자주 여성들에게 권고되었다. 이 얼마나 유치한 표현들이며, 그러한 존재는 얼마나 하

> 찮은가? (…) 남성들이 여성들을 언제나 어린아이의 상태에 머무르게 함으로써 여성들에게서 바람직한 행동을 얻어내고자 노력할 때, 그들은 대단히 철학적이지 못한 방식으로 행동하는 것처럼 보인다.
>
> — 메리 울스턴크래프트, 《여성의 권리 옹호》 中, 문수현 옮김, 책세상

따라서 여성들은 고급 지식을 얻을 기회를 박탈당하여 파편적이고 일상적인 관찰의 경험에 의존하게 된다. 미덕을 갖추기에 앞서 허례허식을 익히고, 남들의 관심을 받기 위해 일생을 바친다. 울스턴크래프트는 지성을 갖출 기회가 없었던 당시 남성 군인들의 사례를 든다. 그들은 마치 여성과 같은 상태였다. 그렇다면 여성의 지성이 남성의 지성과 다를 것이 무엇인가.

울스턴크래프트가 루소를 비판하는 또 하나의 근거는 루소가 제시하는 인간의 본성이다. 루소는《학문예술론》을 통해 인간은 타고난 미덕을 함양해야 한다고 주장했다. 그는《에밀》에서 인간의 타고난 모습과 그에 따른 교육 방향을 제시하는데, 여기서 여성과 남성의 본성을 서로 다르게 묘사하고 있다. 그 모습은 우리가 익히 알고 있는 편견에 가깝다. 여성은 나약하게 태어

났고, 강한 존재인 남성에게 복종해야 하며, 남성이 원하는 모습을 갖추도록 교육해야 한다는 것이다.

루소가 말하듯 여성이 자신의 타고난 교활함을 경계하며 남성에게 절대적으로 복종하기를 잊지 말아야 한다면, 남성과 여성에게 미덕은 서로 다르다는 말이 된다. 그러나 울스턴크래프트가 보기에 미덕이란 상대적일 수 없었다. 여성이든 남성이든 미덕에는 동일한 원칙과 목적이 있어야 한다. 설령 타고난 천성이 다르다고 할지라도, 그것이 교육의 목표가 달라야 한다는 근거가 될 수 없다. 울스턴크래프트에게 이는 너무나 자명하고 당연한 주장이었으나 그때는 놀라운 주장이었다. 그리고 200년이 흐른 지금, 이 당연한 주장은 과연 우리의 삶에서 실현되고 있는가. 우리는 여학생과 남학생에게 각각 어떤 몸가짐과 마음가짐을 교육하는가.

여성들에게 순종하도록, 상냥하도록, 무지하도록, 때로는 냉담하도록, 그리하여 이 모든 특질 속에서 남성이 욕망하는 대상으로 살도록 만드는 수많은 충고를 하나하나 반박하는 울스턴크래프트의 글에서는 차분하고도 강렬한 분노가 느껴진다. 이 분노를 공유하고 있다면, 울스턴크래프트의 간절한 요청을 마음으로 받아들일 수밖에 없다.

> 나와 동시대를 살아가는 이들이여, 그처럼 편협한 편견을 뛰어넘도록 하자! (…) 우리의 생각을 일상의 사소한 사건에만 국한하거나, 우리의 지식을 연인이나 남편의 마음을 알아내는 데 한정하지 말자. 우리의 지성을 증진하게 하고 지금보다 고귀한 상태를 위해 우리의 마음을 다잡게 하는 위대한 목적 아래, 삶의 모든 의무를 다하자.
>
> — 메리 울스턴크래프트, 《여성의 권리 옹호》 中, 문수현 옮김, 책세상

잠시 메리 셸리에게로 돌아가 보자. 《프랑켄슈타인》에 등장하는 사피라는 여성의 이야기는 종종 잊히곤 한다. 이 여성은 괴물이 숨어 지내던 오두막집 사람들의 사연에 등장한다. 오두막에 사는 이들은 알고 보니 높은 가문의 프랑스 사람들이었고, 종교적인 이유로 편파적인 사형판결을 받은 터키 상인을 감옥에서 몰래 탈출시켜 주었다는 이유로 프랑스에서 추방당한 상태였다. 터키 상인은 은혜를 갚기는커녕 이 가족의 큰아들인 펠릭스에게 자신의 딸 사피를 주겠다는 약속을 저버리고 터키로 돌아가려 한다. 사피는 기독교를 믿는 아랍인이

었던 어머니 밑에서 자랐고, 어머니는 사피에게 '이슬람교도 여신도들에게는 금지된 드높은 힘과 영혼을, 독립을 꿈꾸라고 일렀다.' 사피는 '다시 아시아로 돌아가서 하렘의 벽에 감금된 채 유치한 오락들로 소일할 수밖에 없는 앞날을 생각하면 진저리가 났다. 큰 이상과 고결한 미덕의 추구에 익숙해진 그녀의 영혼에 걸맞지 않았다. 기독교인과 결혼해서 여자가 사회의 한자리를 차지할 수 있는 나라에서 산다는 생각에 마음이 끌리지 않을 수 없었다.'◘ 그래서 사피는 기회를 틈타 아버지 몰래 오두막집으로 도망쳐왔다.

물론 사피는 그렇게 돌아왔으나 결국 펠릭스의 아내(아마도 현모양처)가 될 운명이라고 보는 것이 맞을 것이다. 기독교가 특히 여성주의적인 종교라고 보기도 어렵다. 소설의 기능 면에서 사피는 괴물과 대조되도록, 즉 오두막 가족에게 공개적으로 환영받고 새로운 언어를 교육받는 인물로 기능하도록 설정되어 있다. 그러나 그 기능을 수행하는 캐릭터가 저런 의견을 밝히도록 쓴 것

◘ 메리 셸리, 《프랑켄슈타인》, 김선형 옮김, 문학동네, 166p

© 김겨울

역시 작가의 선택이다. 메리 셸리가 태어나자마자 울스턴크래프트는 죽었지만, 그는 여전히 울스턴크래프트의 딸이었다.

그렇게 울스턴크래프트의 유산은 전해진다. 그를 비롯한 수많은 여성의 유산이 메리 셸리를 넘어 현대를 사는 인간들에게 끊임없이 전달된다. 이 정신은 중간에서 빼앗거나 불태운다고 없어지지 않는다. 인류가 존재하는 한 여성은 늘 존재하고, 그들은 늘 생각할 것이고, 생각하는 여성은 삶의 어느 시점에서 치열하게 이 문제를 고민하게 된다.

3.

생각하는 여자는 괴물과 함께 잠을 잔다.

그녀는 자신을 물고 있는 부리가 된다. 그리고

용수철 뚜껑 같은 자연은, 시간과 도덕을 담고

아직 쿨렁쿨렁한 그 납작한 트렁크에

이 모든 것을 채운다. 곰팡이 핀 오렌지빛 꽃

여성용 약품들, 납작 누른 여우 머리와 난초꽃 장식 밑으로

흉측하게 튀어나온 보디세아의 젖가슴.

잘생긴 여자 두 명이, 도도하고, 날카롭고, 미묘하게,

논쟁을 벌이고 있다. (…)

7.

“몇 사람만이 머무는 이 불확실한 세상에서

훼손될 수 없는 것을 가지는 것은,

지극히 중요하다.”◘

조금 용감하고 조금 착하기도 한,

어떤 여자가 이렇게 썼다.

그녀는 부분적으로 이해했던 것과 싸웠다.

그녀 주변의 남자들은 더 많이 배려해 주지도, 줄 수도 없었다.

그녀에겐 사납고, 까다롭고, 헤프다는 꼬리표가 붙어 있었기에.

— 에이드리언 리치, 《며느리의 스냅사진들》 中

빅토리아 시대의 생각하는 여자는 괴물과 함께 잠을 잤을 것이다. 자신을 의심하고 부정하여 존재를 지워버리는 악몽은 침대 머리맡에 늘 머물러 있다. 베개에 머

◘ [원주] 메리 울스턴크래프트의 《딸의 교육에 대한 숙고》(1787)에서 인용

리를 누이면 얼굴 위로 입김을 분다. 생각 같은 것은 잊어. 그 괴물은 떠날 생각을 하지 않고 이다지도 오래도록 살아남아 여전히 귓가에 속삭인다. 순응해. 생각 같은 것은 잊어. 그게 편하잖아. 그러나 그에게 맞서는 고민은 사라지지 않는다. 사라질 수 있을 때까지는, 사라질 수 없을 것이다.

빅토르와 그가 창조한 괴물처럼, 생각하는 여자는 끝끝내 파멸을 향해 걸어가는가. 혹은 그 괴물을 빚어 새로운 세계를 보여주는가. 메리 셸리와 함께 잠든 괴물은 《프랑켄슈타인》이 되었다. 각자의 괴물은 무엇으로 만들어낼 것인가.

창조하려는 이는
낙원을 잃을 것이니

창조주여, 흙으로 나를 인간으로 만들어달라고

내가 간청하더이까? 어둠에서 나를 일으켜

이 즐거운 낙원에 놓아달라고 내가 원하더이까?

— 존 밀턴, 《실낙원》, 조신권 옮김, 문학동네, 제10편 743~745행

아담은 탄식한다. 금단의 열매를 먹고 악惡을 알아버린 아담에게 지고의 행복은 더 이상 허락되지 않는다. 낙원에서 추방된 인간에게 '번성하라'는 신의 목소리는 이제 저주로 들릴 뿐이다. 그러나 피조물에 탄생이란 선택의 결과물이 아니고, 심지어 아담의 창조자는 인간도 아닌 신이므로, 아담과 그의 후손들은 이제 악과 노화와 죽음이 지배하는 세상을 받아들여야만 한다. 아담은 자신의 어리석음을 탓하며 신의 처분을 겸허히 받아들인다.

《프랑켄슈타인》을 펼치면 제일 먼저 독자를 맞이하는 글이 이 아담의 한탄이다. 프랑켄슈타인 박사가 감히 생명 창조를 행한 이야기임을 알고 있는 독자들은 이 한탄이 괴물의 것이기도 하다는 사실을 곧바로 알아차릴 수 있다. 괴물은 울부짖는다. 내가 나를 만들어 달라고 부탁했습니까. 여기서 빅토르는 신이 되고, 괴물은 아담과 하와가 된다. 괴물에게 억울한 점이 있다면 그는 금단의 열매를 먹은 적이 없다는 것이다. 괴물은 창조되었다는 이유로 빅토르에게 버림받는다. 창조의 결과물이 창조 때문에 버림받는다니, 이런 아이러니가 발생하는 이유는 빅토르가 인간이기 때문이다.

《프랑켄슈타인》의 원제는 《프랑켄슈타인: 또는, 현대의 프로메테우스*Frankenstein: or, The Modern Prometheus*》다. 프로메테우스는 고대 그리스 신화에 등장하는 신이다. 티탄 신족의 한 명으로, 물과 흙으로 인간을 빚은 다음 제우스 몰래 인간에게 불을 가져다주었다가 형벌을 받았다. 코카서스*Caucasus* 산의 바위에 묶인 채로 독수리에게 끝없이 간을 쪼아 먹히는 형벌이다. 인간의 입장에서는 매우 안타까운 일인데, 다행히 열두 가지 과업을 수행하던 헤라클레스가 열한 번째 과업을 수행할 때 문제의 독수리를 화살로 쏘아 프로메테우스를 풀어준다.

프로메테우스는 인간에게 지혜를 가져다주는 존재의 은유로 널리 사용되어 왔다. 인간이 감히 넘볼 수 없는 지혜를 획득하고자 할 때 이를 실현해 주는 존재가 프로메테우스다. 메리 셸리는 이 이름을 통해 소설 속의 빅토르 프랑켄슈타인 역시 인간에게는 금지된 생명 창조를 행한 '현대의 프로메테우스'라고 이야기하고 싶었으리라 짐작할 수 있다. 안타깝게도 빅토르는 인류에게 불과 같은 지혜를 가져다주지도 못했고, 《실낙원》의 신처럼 낙원을 선물하지도 못했다. '현대의' 프로메테우스는 지극히 개인적인 광기로 지혜를 탐하고 창조를 행했다가 피조물과 함께 파멸한다.

창조자가 자신을 프로메테우스로 여겼다면, 피조물은 자신을 아담과 하와로 여겼다. 《프랑켄슈타인》 극중에 등장하는 괴물은 오두막집에 숨어 살면서 언어를 익히고, 미망에서 깨어나면서 세 권의 책을 읽는다. 《젊은 베르테르의 슬픔》, 《플루타르코스 영웅전》, 그리고 《실낙원》이다. 괴물은 《실낙원》이 역사적인 사실을 적은 책이라고 이해했다고 증언한다. 그리고 자신과 비슷한 점이 많아 자연스럽게 자신과 아담을 비교하게 되었다고 이야기한다.

《실낙원》은 존 밀턴*John Milton*(1608~1674)이 남긴 대표작으로, 낙원에 살던 아담과 하와가 사탄의 유혹에 빠져 신으로부터 추방당하는 성경의 내용을 다룬 서사시다. 대천사 하나가(보통 루시퍼로 알려져 있다) 신에게 반기를 들고 다른 천사들과 함께 반역을 일으켜 지하에 갇힌 후부터의 이야기를 다루고 있다. 지옥과 천국의 묘사와 인물들의 대화가 생생하고 장대해 단테의 《신곡》과 함께 종교 서사시의 걸작으로 손꼽힌다. 영미권 이외의 독자들은 아쉽게도 번역을 거쳐 읽을 수밖에 없지만 내용이 흥미진진해 빨려들 듯 읽을 수 있다.

괴물은 《실낙원》을 읽을수록 자신을 아담보다는 사탄에게 가까운 존재로 느꼈다고 말한다. 괴물의 괴로움은 아담의 슬픔이라기보다는 사탄의 증오심이다. 사탄은 복수를 위해 도착한 낙원에서 자신이 얼마나 고통스러운지를 절절히 이야기한다. 행복과 선은 천국의 것, 절망과 고통은 지옥의 것이므로 천국에 서 있어도 사탄에게는 절망만이 허락된다. "지옥을 마음이나 몸 주변에 지니고 있어, 장소가 바뀌어도 자신을 피할 수 없는 것처럼 단 한 발짝도 지옥에서 벗어날 수 없다."[◘] 그러나 그는 참회와 평화를 바라지 않는데, 이미 마음의 상처가 깊어 회개한다고 해도 소용없기 때문이다. 돌이킬 수 없는 그 증오, 그 슬픔은 아담의 것일 수 없다. 괴물은 새롭게 창조된 존재이므로 응당 아담과 하와가 누렸던 낙원을 선물 받았어야 하나, 괴물에게 주어진 것은 사람들의 비명과 도망치는 뒷모습, 그리고 창조자의 폭언뿐이었다. 오로지 창조되었다는 이유로 혐오의 대상이 된 괴물에게 세상이란 에덴동산보다는 저 깊은 지옥에 가까웠을 테다. 차라리 동료라도 있었던 사탄보다도 더 고독하고, 더 슬펐을 존재여.

오히려 괴물이 아닌 빅토르가 아담에 더 가까워 보이기도 한다. 따뜻한 가정에서 행복하게 자라났으나 금지된 실험을 하고 낙원 같은 삶을 잃는 사람은 빅토르다. 그는 생명 창조라는 금단의 열매를 먹었다. 그는 티탄 신이 아니라 인간이었다. "그녀[하와]는 경솔하게 손을 뻗쳐 열매를 따서 먹었다. 그녀는 (…) 신성을 얻는 듯한

◘ 존 밀턴, 《실낙원》, 조신권 옮김, 문학동네, 제4편 20~23행

생각까지 들었다."[◘] 빅토르는 생명 창조라는 신의 역할을 얻는 듯한 착각에 빠졌다. 그 대가로 아담과 하와는 낙원에서 추방당하고, 빅토르는 따뜻한 가정을 잃는다. 괴물과 빅토르를 《실낙원》에 일대일로 대응할 수는 없으나, 확실한 게 있다면 괴물도 빅토르도, 사탄도, 아담과 하와도 신의 금기를 깬 이상 이제 영영 낙원에 도달할 수 없다는 사실이다.

빅토르는 자신의 창조를 감당하지 못했고, 괴물은 자신의 탄생을 감당하지 못했다. 창조 때문에 버림받는 피조물이 어디 괴물뿐이랴. 모든 인간은 그 부모로부터 창조된 산물이나 때로는 의도적으로, 때로는 의도와 상관없이 버림받곤 한다. 창조자에게 버림받고 자신이 낳은 자식을 앞서 보낸 메리처럼. 《프랑켄슈타인》의 본문뿐만이 아니라 서문에서도 《실낙원》을 언급하는 걸 보면, 짐작건대 《실낙원》이 죽음과 탄생을 여러 번 경험한 메리에게 많은 영감을 주었던 모양이다. 서문에서 메리는 초자연적이지만 인간의 열정을 보여주는 이야

◘ 존 밀턴, 《실낙원》, 조신권 옮김, 문학동네, 제9편 780~790행

기를 쓰는 것은 오히려 평범한 이야기보다 인간을 더 잘 보여줄 수 있다고 말하며, 인간 본성의 원칙을 잘 보여준 작품의 예시로 호메로스의《일리아드》, 셰익스피어의《한여름 밤의 꿈》그리고 '특히' 밀턴의《실낙원》을 든다. 반복되는 언급을 보며, 나는 낙원을 잃어버린 사람은 메리였던 게 아닐까, 하고 생각한다.

아담과 하와가 선악과를 먹어 얻게 된 원죄는 에덴에서의 추방뿐만이 아니었다. 그들은 노화하고 죽는 신세가 되었다. "그대는 젊음과 힘, 아름다움을 잃고, 그것은 시들어 약해지고 백발로 바뀌며, 감각은 둔해지고,

© 김겨울

자기 소유에 대한 모든 쾌감도 버리게 되리라."[✪], "너는 먼지이니 먼지로 돌아가리라."[✪✪] 아담과 하와는 추방당한다고 하여 자살하면 사탄을 벌할 수도, 신의 뜻을 실행할 수도 없으므로 벌을 겸허히 받아들이기로 한다. 이제 인간은 태어나 늙고 죽는 과정을 반복해야 한다. 다시 말해, 인간은 이제 영원히 새로운 생명을 만들어 내야 한다. 심지어 신은 벌의 일환으로 출산 과정을 더욱더 힘들게 만들기까지 했다.

메리가 《프랑켄슈타인》에서 설정한 금단의 열매는 《실낙원》에서처럼 선악을 아는 능력이 아니라, 아담과 하와가 벌로 받은 생명을 창조하는 능력이었다. 《프랑켄슈타인》에서는 창조하는 자가 낙원을 잃는 자다. 메리는 출산으로, 또 글쓰기로 평생 창조를 하며 살았다. 창조의 결과물이 죽음으로, 또 멍에로 자신의 삶을 만들고 구성하는 것을 평생 지켜보았다. 모두가 신실한 기독교인이었던 시대지만, 나는 《실낙원》이 — 《프랑켄슈타인》 집필 이전이든 이후든 — 메리에게 온전히

✪ 존 밀턴, 《실낙원》, 조신권 옮김, 문학동네, 제11편 540~543행

✪✪ 존 밀턴, 《실낙원》, 조신권 옮김, 문학동네, 제10편 207~208행

종교적인 체험만을 선물했을 것이라고 생각하지 않는다. 자신에게 주어진 생명을 낳는 능력과 자신이 낳은 아이들의 죽음을 보며 아담과 하와를 떠올리지 않을 수 있었을까. 혹은 아담과 하와를 보며 자신의 아이들과, 자신의 어머니와, 자신의 글을 생각하지 않을 수 있었을까.

메리만 낙원을 잃은 것은 아니다. 메리의 세계 너머에서도 늘 창작물들은 창작자의 삶에 똬리를 튼다. 창작자가 그들을 제대로 대우하지 않는다면 그들은 언제든 창작자에게 복수할 준비가 되어 있다. 그걸 막고 싶다면 창작을 멈춰야 한다. 우리는 여기서 아까 질타했던 루소의 말을 잠시 빌릴 수도 있다. "이상과 같이 사치와 풍기 문란과 예속은 시대를 불문하고 우리가 '불멸의 예지'로부터 부여받은 행복한 무지에서 벗어나기 위해 기울였던 오만한 노력에 대한 벌이었다. (…) 민중이여, 그러니 어머니가 아이의 손에서 위험한 무기를 빼앗듯이 자연은 모름지기 당신들을 학문으로부터 보호해 주고 싶어 했다는 사실을 기억하시오."◘ 그러나 자손으로, 창작으로, 사유로 종種의 존속을 추구하는 인간이 '행복한 무지'의 상태에 머무를 수는 없다.

창조하는 피조물이 비단 예술가뿐일까. 인간이 창조 없이 살아갈 수 있기는 한가. 자손을 낳지 않는 사람도, 불멸의 작품을 남기지 않는 사람도 어찌 되었든 자신의 삶을 만들어낸다. 아담과 하와가 죽음을 선물 받은 이래 모든 인간이 그랬다. 우리는 모두 그러한 의미에서 삶의 창조자이며, 그렇기에 삶의 흔적은 언제든 그 주인을 호시탐탐 노리지만, 설령 그 흔적이 그 주인을 잡아먹더라도 우리는 받아들일 수밖에 없다. 어떤 삶이든 그것은 내가 만든 것이므로. 내 삶이 나를 원망하게 만들지 않게 하기 위해, 나와 다른 존재들의 삶이 잡아먹히지 않게 하기 위해, 아주 잠깐씩 환영처럼 등장하는 낙원을 등대 삼아 더듬더듬 나아간다.

추방당하는 아담과 하와에게 천사 미카엘은 말한다. "생명[삶]을 사랑하지도 말고 미워하지도 말고 사는 한

◘ 루소, 《학문과 예술에 대하여》, 김중현 옮김, 한길사, 48p

잘 살아라. 길고 짧은 것은 하늘에 맡겨라."[◘] 이게 낙원을 잃은 인간에게 신이 전하는 최후의 조언이라면 꽤 너그러운 조언이다. 하지만 저 말이 인간에게 무관심한 말로 들리는 것은 왜일까. 삶을 창조하는 모든 인간은 삶을 사랑하거나 미워할 수밖에 없기 때문일까.

◘ 존 밀턴, 《실낙원》, 조신권 옮김, 문학동네, 제11편 554~555행

(농담 반 진담 반)

제가 뭘 알겠습니까

유튜브를 시작한 이래로 늘 마음속에(만) 품고 있는 두 가지 말이 있다.

— 제가 그걸 모를까요?

— 제가 뭘 알겠습니까….

정말이다. 나는 거의 이 두 가지 말로 많은 훈계 및 지식 자랑성 댓글에 마음속으로(만) 대답한다. 완전히 반대의 의미를 지닌 두 가지 말을 겨울철 품속의 현금 3천 원처럼 들고 다니게 된 사연은 다음과 같다.

유튜브 영상에는 정말 다양한 댓글이 달린다. 그 내용과 형식이 그야말로 제각각이지만, 내용 면에서 가장 쉽게 유형화할 수 있는 댓글은 '앎을 자랑하고 싶은 사람의 댓글'이다. 물론 그 마음은 충분히 이해한다. 사람이 살면서 자기가 아는 걸 댓글로 달지도 못하는 세상은 영 척박하기 그지없지 않은가. (진심이다.) 문제는 그 형식이다. 이 영상을 볼 다른 시청자들과 영상 제작자에게 더 많은 정보를 전달하기 위해 댓글을 다는 것(A라고 하자)과 제작자 양반이 뭘 모르신다며 무식한 사람들을 위해 자기가 한 수 일러주겠다고 댓글을 다는 것(B라고 하자)은 천지 정도가 아니라 두 평행우주 정도의 차이가 난다. 문제는 B를 쓰면서 본인이 A라고 착각하는 사람들이 있다는 점이다. 이들은 진심으로 자신이 유익한 조언을 하고 있다고 여기며, 이 정도의 댓글을 달 수 있는 자신을 자랑스러워한다.

사실 먹고 살기도 팍팍하고 성취감을 얻기도 어려운 대한민국에서 댓글로 그 정도의 만족감을 얻는다는 건 안쓰러운 일이다. 근데 안쓰러운 건 안쓰러운 거고, 그 정도가 지나치면 곤란하다. 이런 댓글을 다는 사람들은 A와 B의 차이만큼이나 예의와 무례의 차이를 몰라서 아주 쉽게 상스러운 말의 영역으로 넘어간다. 물론 정중한 척 B를 수행하는 사람들도 있는데, 그들의 글에서는 보통 헛기침 소리가 들리고 팔짱이 보인다. 이들은 자신이 상스러운 말을 쓰지 않는다는 최소한의 체면을 지킨다는 점에서 자신을 자랑스러워한다. 가장 흥미로운 점은 상스럽든 아니든 이들이 말하는 정보가 그다지 정확하거나 날카롭지 않다는 데 있다. 이미 다 알고 있는 경우가 태반이지만 마음속으로만 조용히 대답한다. 제가 그걸 모를까요….

이들에 대한 나의 첫 번째 의문점은 A와 B를 구분하지 못하면서 사람들이 잘 모르는 고차원적인 지식을 전달하는 것이 가능한가 하는 점이다. 두 가지 행위는 뇌의 인지적 차원에서 유사한 기능이 필요할 텐데 말이다. 우리의 B 댓글러들을 존중하기 위해 여기에서의 잠정적인 결론을 '그럴 수 있다'라고 해보자. 그렇다면 두 번째 의문점은 만약 A와 B가 구분이 가능한데도 B를 수행하는 사람은 인생에서 대체 무슨 일을 겪었는가 하는 것이다. 가끔 악플러들을 만나보고 싶다는 생각을 한다. 화를 내려는 건 아니고, 어렸을 때 어떻게 자랐는지, 성격은 어떤지, 주변 사람들과는 어떻게 지내는지, 그러니까 그를 구성하는 생활 전반이 어떻게 돌아가고 있는지가 궁금해서다.

사실 이것은 나의 고질적인 호기심이다. 나는 종종 나로서는 이해가 가지 않는 사람들에 대해 찾아본다. 사이비종교 홈페이지도 들어가 보고, 그들의 교리문답 영상도 보고, 행사 모습도 본다. (이게 꽤 재미가 쏠쏠하다. 정보를 업데이트하다 보면 작년까지 그 종교에서 영혼의 어머니였던 사람이 지금은 배신자가 되어 있는 모습을 보게 되기도 한다.) 도무지 왜 재미있는지 모르겠지만 유명하다고 하는 자극적인 영상들도 찾아본다. 그들의 사고방식이 궁금하고, 성장 과정이 궁금하다. 그래서 악플러도 만나서 이야기를 해보고 싶은데, 그냥 만나달라고 한다고 만나줄 것 같지는 않다.

그러므로 나로서는 가설을 세우는 수밖에 없다. A와 B를 구분할 수 있지만, B를 수행하는 사람들(B 댓글러)에 대한 나의 여러 가설은 다음과 같다.

가설1. 세상이 싫다.

가설2. 아는 척하는 인간이 꼴 보기 싫다.

가설3. 여기서나마 권력을 누리고 싶다.

가설4. 관심을 받고 싶다.

가설5. 이기고 싶다.

가설1과 가설2는 '싫어서' 그런다는 것이고, 가설3부터 가설5까지는 무엇인가를 '원해서' 그런다는 것인데, 전부 답이 없기는 매한가지지만, 왠지 전부 다일 가능성도 꽤 높아 보인다. 혹은 이중 아무것도 아닐 수도 있겠다. 다른 가설에는 뭐가 있을까? B 댓글러 여러분, 도대체 여러분에게 무슨 일이 있었던 것인가요?

다음 붕어빵, 아니 품속의 말은 "제가 뭘 알겠습니까…." 라는, 그러니까 앞과는 완전히 반대되는 말이다. 이 말은 보통 A 타입의 댓글이 달렸을 때 뇌까리거나, 그렇지 않으면 아무 일도 벌어지지 않는 대낮에 혼자 불쑥 찾아온다. 나의 부족한 앎과, 그걸 가지고 어떻게 이야기를 좀 해보겠다는 발버둥과, 그래서 나온 처참한 결과물과, 그걸 지켜보고 있을 수많은 사람을 생각하며 혼자 몸부림치는 시간을 가질 때 염불처럼 외는 말이다.

"아이고, 선생님 제가 뭘 알겠습니까. 저는 그저 책 약간 읽었고 영상 조금 만들 줄 아는 사람인걸요. 저에게 너무 많은 걸 기대하지 마세요…."

이 말 정말 늘 지니고 다니는데 이 말로 붕어빵 같은 거라도 사 먹을 수 있으면 좋겠다.

유튜브를 시작한 이래로 가장 많이 하는 가정은, 유튜브를 조금 더 늦게 시작했다면 어떨까, 하는 것이다. 물론 그랬다면 지금도 카페 아르바이트와 과외를 하며, 음악을 하고, 매월 부족한 돈을 쥐며 더 늦기 전에 취업을 해야 할지,

취업을 안 하고 계속하고 싶은 걸 하려면 어떻게 해야 할지, 대학원은 빚을 져서라도 가야 할지, 대학원에서 생활비를 받으려면 어떻게 해야 할지, 대학원에 다니면서 음악을 하고 글을 쓸 수 있을지, 도대체 내가 '글밥'을 먹을 가능성이란 있는지, 없다면 뭘 관두고 뭘 계속해야 할지 고민하고 있었을 것이다. 여태의 삶이 그랬으니 그건 그리 낯선 삶은 아니다. 이 가정을 하는 이유는 당연하게도 내가 부족하기 때문이고, 그걸 알기 때문이다. 조금 더 늦게 시작했다면 조금 더 자신 있게 할 수 있지 않았을까. 이 불확실한 앎의 숲에서 헤매지 않고.

나에게는 가상의 시청자 무리가 있다. 그들은 유튜브를 하기 전에도 있었다. 학창 시절에도 있었다. 언젠가 유튜브를 하지 않는 날이 와도 그들은 있을 것이다. 밤마다 침대맡을 지킬 것이다. 내 얼굴 위로 입김을 불 것이다. 대학원에 가든 취업을 하든 '글밥'을 먹든 말든 있을 것이다. 죽을 때까지 있을 것이다. 그들은 나보다 훨씬 많이 알고, 훨씬 날카로우며, 비웃기를 주저하지 않는다. 그게 내가 평생 사로잡혀 있는 망령이다.

매일 망령의 소리를 듣는다. 그들은 지치지도 않고 나를 비난한다. 매일 망령에게 대답한다. 제가 뭘 알겠어요. 하지만 들이받고 싶을 때도 있다. 알면 어떻고 모르면 어때요. 좀 하면 안 됩니까. 이를 악물고 들이받아서 나온 게 유튜브고, 음반이고, 《독서의 기쁨》이고, 이 책이다. 들이받을 수 있는 사람이 되기까지 너무 오래 걸리는 바람에 아예 날 잡아 죽여 버릴 생각은 하지도 못했다. 앞으로 얘넬 어떻게 한담. 어디 가서 엑스칼리버 같은 걸 빌려올 수도 없는데. 어쩔 수 없다. 일단은 같이 살아야 한다. 방세는 꼬박꼬박 걷고 있다. '나쁘지 않은 완성도'라는 이름으로.

더 나은 사람, 더 좋은 사람, 더 많이 알고, 더 많이 실천하고, 더 많이 고민하고, 더 많이 불안해하고, 더 많이 나누고, 더 많이 이야기하고, 더 많이 이해하는 사람이 되고 싶은 욕망과 그러지 못하는 나 자신을 타박하는 이 망령들은 전략적인 제휴 관계에 있다. 둘이 싸우는 동안 나는 어찌 되었든 나를 더 끌어올리려고 하는 수밖에는 없다. 그렇게 '나쁘지 않은 완성도'가 탄생한다. 짜잔. 나는 그런 식으로 성장했다. 즐거움보다는 좌절이 큰 방식이지만 어쨌든 성과를 냈다. 전날보다, 전 월보다, 전 해보다 나은 사람이 되어 갔다(고 느꼈다. 아니라도 그런 거로 치고 싶다.).

이 제휴는 나를 늘 허기지게 했다. 큰 성취 앞에서도 내가 늘 부족하다고 느끼게 했고, 마음놓고 기뻐할 수 없게

했다. 이 제휴는 내가 오만의 풍선을 타고 날아가지 않도록 붙잡아주었다. 지금도 여전히 이 망령들은 내 욕망을 부채질한다. 이걸로 되겠어? 더 가야지? 이 정도로 만족한다고? 너 제정신이니? 이 망령들 대신 격려와 칭찬의 요정들이 있었다면 삶은 더 풍요롭고 아름다웠겠지만 이미 늦었다. 매일 좌절하고 무엇에도 만족하지 못하더라도, 일단은 얘네를 데리고 어떻게든 나아가야 한다.

그러니까 유튜브를 조금 더 늦게 시작했더라도 자신 없기는 매한가지였을 것이다. 불확실한 앎의 숲은 그 크기가 너무나 크고, 이 망령들은 내가 얼마나 성장하든 지껄이기를 멈추지 않으므로, 대학원을 다녀와서 유튜브를 시작하든, 유학을 다녀와서 유튜브를 시작하든, 나는 똑같은 말을 하고 있을 것이다. 제가 아는 게 없어서요.... 그럴 거라는 걸 알고 있다. 알고 있음에도 가정을 멈추지 못하는 게 나의 어리석음이다. 그러나 알고 있으므로 나는 조금 더 나은 선택을 할 수도 있다. 제가 뭘 알겠습니까, 라고 이야기해도, 그 뒤에 이렇게 말할 수도 있다. 나중에 오시면 조금 나을 거예요. 그때도 마음에 안 드시면, 그다음에 오세요. 그러면 조금 더 나을 거예요. 오고 싶지 않으시다고요? 그럼 어쩔 수 없죠. 저는 이게 좋으니까, 저는 이걸 계속하고 있을게요.

세 번째 노트

시간

© 김겨울

때로 시간의 나이는 몇 살일지 생각해 보곤 한다. 거대한 시간이 천천히 고개를 돌리는 모습을 상상한다. 과거에서 미래로 나아갈수록 지나온 시간은 길어지고 남은 시간은 짧아진다. 그러므로 세상의 시작을 기준으로 하면 시간은 시간이 흐름에 따라 나이를 먹는다. 하지만 우리를 기준으로 하면 가장 나이를 먹은 시간, 그러니까 현재야말로 가장 새로운 시간이다. 과거나 미래로 멀리 나아갈수록 시간은 나이를 먹는다. 시간은 오랜 시간 살아왔는가, 오랜 시간 죽어왔는가.

유한한 영원, 《백년의 고독》

때로 눈을 감으면, 삶을 믿고, 자유를 믿는, 우연의 세계에 사는 시민에게, 계시처럼, 운명처럼, 모든 일은 이미 벌어져 있고, 시간은 영원히 멈춰 있고, 선택할 수 있는 것은 없다는 강렬한 예감이, 받치듯, 밀치듯, 무너뜨리듯, 머리 위로 쏟아져 내린다. 그것은 구체적인 개별의 사건에 대한 예감이 아니라 인생 전체, 혹은 인간 전체에 대한 예감이다. 나는 예감에 저항한다. 아직 벌어지지 않은 일은 벌어지지 않았고 시간은 미래로 흐른다고 말한다. 이런 나를 비웃듯이 신화와 소설과 서사시들은 이미 모든 일이 벌어진 세계를, 모든 일이 벌어지고도 시간이 남아 그 모든 일이 영원히 반복되는 세계를 나의 앞에 펼쳐놓는다.

순환하는 세계의 모습은 인간의 이야기에 자주 등장

한다. '전생'이라는 개념이 익숙한 우리에게는 인도에서 발흥한 불교나 그와 영향을 주고받은 힌두교의 예시가 친숙하겠다. 고대 그리스 철학과 신화에서도 순환하는 세계를 암시하는 이야기들이 있다. 현대로 넘어오면 니체의 철학에 등장하는 '영원회귀'의 개념이나 물리학에서의 '진동 우주론'이 순환하는 세계를 암시한다. 물론 각각의 개념이 말하는 구체적인 내용은 다르지만, 세상이 요이 땅, 하고 시작해서 삐익, 하면서 끝나는 게 아니라 원을 그리며 순환한다는 생각은 낯설지 않다. 인간사 세상사 흘러가는 건 늘 다 똑같은 법이다, 라는 말을 인생의 언젠가 누군가에게는 듣게 마련이다. 운명의 수레바퀴, 인생의 회전목마.

실제로 시간이 어떻게 흐르든, 모든 일이 완전히 똑같이 여러 번 벌어진다면 우리는 그것을 시간의 순환이라고 부를 수 있다. 시간이 한 방향으로 흐르면서 내용만 달라지든, 아니면 정말 시간이 순환하든, 경험하는 입장에서는 구분할 수 없기 때문이다. 약간의 관대함을 발휘하여 완전히 똑같지 않더라도 거의 유사한 일들이 반복된다면 세상이 순환한다고 주장할 수도 있다. (물론 여기서 한 발짝 더 나아가 시간의 흐름은 나선형이라고 주장하는 사람들도 있다.)

순환하는 세계에서 인간은 곧잘 무력하다. 언제 시작했는지도 모르고 영원히 끝나지도 않을 숙명의 한가운데에서 막막하다. 심지어 그 순환의 단위는 너무나 까마득하다. 이를테면 불교에서는 우주가 생성되어 소멸할 때까지의 사이클을 겁劫이라고 부르는데, 우주는 이 사이클을 끝없이 반복한다고 전한다. 그러니까 우리가 보통 '억겁의 시간'이라고 부르는 시간은 사실 우주가 억 번 정도 생성되었다가 소멸하는 정도의 시간이다. 그 속에서 인간은 너무나 작고, 인간을 데리고 가는 우주는 너무나 늙고 크며, 우주가 영원히 반복되는 동안 인간 역시 자신이 지은 업에 따라 끝없이 환생하고 다시 태어난다.

니체의 세계는 어떠한가. 여기는 더 지독한 곳이다. 인간의 노력 여하에 따라 동물로도, 인간으로도 환생할 수 있고 수련을 통해 열반에 들 수도 있는 불교의 세계와는 달리, 이곳은 무한한 시간 속에서 모든 일이 완전히 똑같이 벌어지는 곳이다. 이 삶은, 이 역사는, 처음부터 끝까지 반복된다. 이 잔인한 세상에서 어떤 인간으로 살아갈지가 중요한 철학적 화두로 떠오른다.

그러나 다른 한편으로 우리는 세상이 시간 순서대로 흘러간다는 것을 의심의 여지 없이 믿는다. 과거는 흘러갔고 미래는 다가올 것이라는 사실만큼 세상에 확고한 사실이 있겠는가? 과거가 미래가 되고 미래가 과거가 되는 일은 벌어지지 않는다. 물리학의 관점에서는 빅뱅부터 열 죽음까지를 시간이 흘러가는 하나의 과정으로 볼 수 있다. 만약 기독교 신자라면 더욱 확실하게 세상에 순환이란 없다고 말할 것이다. 그들에게 이 세계는 단 한 번 일어나는 이벤트로서, 창조부터 구원까지 일방통행로로 연결되어 있기 때문이다. 플라톤도 저서에서 세계를 창조한 데미우르고스를 언급하는데, 그 역시 선형적인 세계를 암시한다고 볼 수 있다.

인과 개념에 익숙한 우리에게 시간은 늘 앞으로 흐르는 것이다. 행동하는 동안 과거는 흘러가고, 기다리는 동안 미래는 다가온다. 우주는 138억 년 전에 만들어졌고, 언제 망할는지는 몰라도 언젠가는 망할 것이다. 과거에 저지른 일이 미래에 드러날 결과의 원인이 되지, 미래의 행동이 과거의 결과로 이어지지는 않는다. 너무나 상식적인 이야기다. 오히려 너무 상식적이어서 조금 의심스러울 정도다.

순환하는 세계와 직선으로 달려가는 세계를 하나의 소설에서 함께 표현할 수 있을까? 그게 가브리엘 가르시아 마르케스의 《백년의 고독》이 하는 일이다. 처음 《백년의 고독》을 읽었을 때 엄청난 충격을 받았다. 태어나서 처음 받아보는 종류의 충격이었다. 악명보다 훨씬 재미있었고, 악명만큼 은유가 산재해 있었다. 내 능력으로는 다 읽어내지도 못할 것 같은 수많은 층위가 생겨났다 사라지고 사라졌다가 다시 나타났다. 이야기는 멈출 수 없이 흘러가 머리를 울리며 마무리됐다. '이 소설을 두고 소설의 죽음을 이야기할 수는 없다'는 밀란 쿤데라의 말을 다 읽고서야 이해했다. 장의사 선생님께 전화해서 도로 가시라고 이야기해야 할 판이었다.

《백년의 고독》은 한 가문의 일대기를 쓴 소설이다. 이야기는 처음 마꼰도에 마을을 세운 호세 아르까디오 부엔디아로부터 시작해 마지막 후손 아우렐리아노에서 끝난다. 이 소설이 악명 높은 이유 중 하나는 이름이 반복되기 때문인데, 몇 대를 거쳐 이어지는 동안 남자 후손들은 모두 '호세 아르까디오'라는 이름을 갖거나 '아우렐리아노'라는 이름을 갖는다. 모계 혈통에 따라 그 뒤에 다른 성이 붙을 수는 있어도 이름은 모두 같다. 안 그래도 친숙하지 않은 긴 이름이 수도 없이 반복되니 읽는 입장에서는 혼란스러울 수밖에 없다. 그러나 읽다 보면 두 이름을 가진 사람들의 패턴이 보이고, 그 반복과 패턴이 소설의 핵심임을 알게 된다.

《백년의 고독》의 앞부분은 이렇다. 전체 요약은 난망하여 딱 여섯 문단 동안만 이야기할 테니, 옛날이야기를 듣듯 너그럽고 침착하게 읽어봐 주시면 좋겠다.

어느 옛날, 아마도 18세기 정도, 사촌지간이었던 호세 아르까디오 부엔디아와 우르술라는 결혼을 했다. 그러나 돼지 꼬리가 달린 아이가 태어날지도 모른다는 두려움에 우르술라는 잠자리를 거부했고, 이에 대한 소문이 무성하던 중 투계에서 호세 아르까디오 부엔디아에게 패배한 사람이 그에게 심하게 조롱하는 말을 한다. 호세 아르까디오 부엔디아는 그를 죽이고, 이를 계기로 그와 우르술라, 친구들과 친구들의 가족은 새로운 정착지를 찾아 떠난다. 마침내 자리를 잡은 곳이 마꼰도였다.

마꼰도에는 새로운 문물을 전해주던 집시들이 있었다. 집시 중에서도 현자였던 멜키아데스는 호세 아르까디오 부엔디아에게 자석, 망원경, 돋보기, 연금술 실험실 등을 판다. 그는 점점 마을의 안위보다는 새로운 지식에 대한 욕망에 빠져든다. 그동안 집안과 마을을 책임지는 것은 우르술라의 몫이었다. 둘 사이에는 두 아들, 그러니까 호세 아르까디오와 아우렐리아노 부엔디아가 있었는데, 둘은 완전히 다른 성향을 타고 난 사람들이었다. 강렬한 성격을 지닌 호세 아르까디오는 집안일을 돕기 위해 드나들던 삘라르 떼르네라와 관계를 맺고, 마꼰도에 찾아온 집시 행렬을 따라 떠나버린다. 삘라르 떼르네라는 호세 아르까디오의 아들, 그러니까 아르까디오를 낳고, 우르술라는 딸 아마란따를 낳는다.

기름진 땅이라는 소문에 많은 장사치가 드나들었지만, 호세 아르까디오 부엔디아와 우르술라는 멜키아데스 족속만을 마을에 들이겠다고 선언했다. 그러나 그들은 인간의 지혜를 초월하여 사라졌다는 말만 들려왔다. 이제는 쓸모없는 볼거리만을 제공하는 집시들만 마을에 찾아온다. 그런 와중에도 호세 아르까디오 부엔디아는 점점 더 연금술 실험에만 빠져든다. 호세 아르까디오와는 달리 어린 시절부터 미래를 볼 줄 알았고, 만지지 않고도 물건을 움직일 줄 알았던 고독하고 침착한 둘째 아들 아우렐리아노 부엔디아는 아버지를 도와 실험

실에서 은세공술에 몰두한다.

어느 날 마꼰도로 호세 아르까디오 부엔디아의 먼 친척이라고 주장하는 아주 어린 고아 소녀가 마을에 찾아온다. 레베까라는 이름을 지닌 이 소녀에게는 흙을 파먹는 습관이 있었다. 약의 도움으로 겨우 이를 고친 레베까는 아르까디오, 아마란따와 함께 부엔디아 가문의 일원으로 자라난다.

갑자기 마꼰도에는 전염성 불면증이 퍼진다. 문제는 이 불면증이 점점 기억 상실로 이어진다는 점이었다. 잠을 자려고 무슨 짓을 해도 잘 수 없고, 살아 있는 건지 꿈을 꾸는 건지 알 수 없는 상황에서, 사람들은 점점 단어를 잊고, 과거를 잊고, 물건의 용도를 잊기 시작한다. 호세 아르까디오 부엔디아가 이를 타개하기 위해 기억 장치를 만들던 무렵, 노쇠한 남자가 마을에 찾아온다. 아무도 그를 기억하지 못했지만 사실 그는 멜키아데스였다. 멜키아데스는 정말 죽었었지만, 죽어있는 것을 참을 수 없어 돌아왔다고 한다. 멜키아데스가 사람들에게 치료약을 주고, 몇 달간 이어진 불면증은 사라진다.

우르술라가 시작한 캐러멜 장사가 호황에 이르고, 아마란따와 레베까, 그리고 아르까디오의 혼기가 차면서 우르술라는 집을 증축한다. 거실, 응접실, 마당, 식당, 창고, 부엌, 마구간, 축사 등으로 이루어진 거대하고 활기찬 집이 완성된다. 그런데 갑자기 정부에서 보냈다고 하는 관리가 집의 외벽을 파란색으로 칠하라고 지시한다. 호세 아르까디오 부엔디아는 아들 아우렐리아노 부엔디아와 함께 부엔디아 가문 근처에 정착한 관리 돈 아뽈리나르 모스꼬떼에게 찾아가 질서는 우리가 알아서 할 테니 내버려 두라고 요구한다. 관리에게는 두 딸, 암빠로와 레메디오스가 있었는데, 레메디오스는 어린 나이임에도 미모가 뛰어나 모두의 주목을 받는 딸이었다. 아우렐리아노 부엔디아는 레메디오스에게 첫눈에 반한다.

계속 이런 식이다. 이후에도 새로운 사람들 — 삐에뜨로 끄레스삐, 산타 소피아 델 라 삐에닷, 뻬뜨라 꼬떼스 등 — 이 가문에 추가되고, 가문 사람들은 호세 아르까디오 혹은 아우렐리아노라는 이름을 가진 아들과 우르술라 혹은 레메디우스라는 딸을 낳고, 아우렐리아노 부엔디아는 대령이 되어 나라에서 벌어진 보수파와 자유파의 전쟁에서 싸우고, 호세 아르까디오 부엔디아는 영원한 유령이 되어 밤나무 밑에서 살아가고, 멜키아데스 역시 이 거대한 집의 한 방을 차지하고 살아가고, 레메디오스는 승천하고(말 그대로 하늘로 날아간다), 아마란따는 평생 회한 속에 살아가고, 역 앞에 모여 있던 사람들이 정부군에 죽어서 바다에 버려지지만 마을 사람들은 아무 일도 없었다고 이야기하고, 4년 11개월하고도 이틀 동안 쉬지 않고 비가 내리고, 이후 십 년 동안 비가 오지 않고, 대령은 계속 금화를 녹여 황금물고기를 만들고, 우르술라는 집의 터줏대감으로 백 년이 넘게 살았고, 부엔디아 가문의 살아있는 사람의 수는 점점 줄어들다 마침내 가문은 소멸한다.

《백년의 고독》이 강렬하게 나를 사로잡은 이유는, 환상처럼 존재했다 사라진 한 가문의 일대기가 지극히 초현실적이나 현실적이고, 덧없으나 영원해 보이기 때문이었다. 때로 어떤 이야기들은 그 자체로 생명을 얻어 끊임없이 회자되는 특권을 누린다. 이 권능은 작가를 뛰어넘어 그 스스로 생겨난다. 《이 작은 책은 늘 나보다 크다》는 줌파 라히리의 책 제목처럼. 실은 이 책에 수록된 모든 이야기가 그 스스로 생명을 얻은 이야기들이기도 하다.

죽은 사람이 살아 있고 피가 직각으로 꺾어 흐르는

능청스럽도록 이상한 세계. 이 세계를 여기서 전부 전달하려면 《돈키호테》를 처음부터 끝까지 똑같이 쓴 삐에르 메나르[◘]처럼 《백년의 고독》을 처음부터 끝까지 이 책에 베낄 수밖에 없을 것이다. 그 대신 《백년의 고독》에서 인상 깊게 읽은 장면들에 관해 이야기할 테니, 우리는 잠시 현실을 내려놓고 이 마술적인 세계에 발을 들여놓아 보자.

◘ 보르헤스의 단편 〈삐에르 메나르, 《돈키호테》의 저자〉에 나오는 저자

© 김겨울

마꼰도라는 신화

무엇이 이 이야기를 신화로 느끼게 만드는가. 문명과는 완전히 동떨어져 새로 창조된 마을의 모습이나, 마을의 무시간성, 실현되는 예언, 근친 모티프, 초현실적인 사건들과 같은 여러 요소가 개입하여 이야기를 일상의 위치에서 신화의 위치로 격상시킨다.

그리고 소설은 첫 페이지부터 이러한 정조를 만드는 데 거리낌이 없어 보인다.

> 세상이 생긴 지 채 얼마 되지 않아 많은 것들이 아직 이름을 지니고 있지 않았기 때문에 그것들을 지칭하려면 일일이 손가락으로 가리켜야만 했다. (…)
>
> "물건들이란 제각각 생명을 가지고 있기 때문에요, 영혼을 깨우기만 하면 다 되는 겁니다." 그 집시[멜키아데스]가 투박

한 어조로 떠벌리곤 했다.

— 가브리엘 가르시아 마르케스, 《백년의 고독1》, 조구호 옮김, 민음사, 12p

바로 다음 챕터에서 우르술라의 증조할머니가 16세기경 해적의 공격을 받았다는 서술이 나오므로 부엔디아 가문은 적어도 16세기 이후에 마꼰도에 정착했을 텐데도, '세상이 생긴 지 채 얼마 되지 않았다.'는 표현을 쓰고 있다. 이제부터 들려줄 가문에게는 마꼰도가 '세상'이며, 그러므로 이 이야기는 세상 전체에 대한, 그리고 인간 전체에 대한 이야기가 된다.

그 이야기는 우리가 끝까지 읽기 전에 이미 완성되어 있다. 부엔디아 가문의 운명은 이미 멜키아데스가 산스크리트어로 기록해 두었다. 한 명도 죽어 묻힌 사람이 없는 낙원과 같았던 세상은 살아남은 사람이 없는 무덤이 될 것이다. 마을은 신기루처럼 사라지고, 두 번째 기회란 없을 것이다. 이 예언은 철저히 실행된다. '가문 최초의 인간은 나무에 묶여 있고, 최후의 인간은 개미 밥이 되고 있다.'는 헌사는 마침내 아우렐리아노 바빌로니아의 아들이 개미 밥이 되며 실현되고, 아우렐리아노 바빌로니아가 양피지의 해독을 마친 순간 소설이 마무리되므로 우리는 도시가 완전히 소멸하리라는 예언이 실현되었다는 것을 안다.

소설에서는 멜키아데스만 예언을 하지 않는다. 작가도 예언을 한다. 소설은 가문에 벌어진 일을 서술하다 불쑥, '대령은 이후에 이 모습을 떠올렸다'고 이야기한다. 소설을 시작하는 가장 첫 문장마저도 대령이 미래에 자신의 과거를 회상했다는 진술이다. 그 회상은 이후 대령의 총살형 집행 현장에서 반복된다. 보수파에 맞서 자유파의 일원으로 게릴라전을 벌인 아우렐리아노 부엔디아 대령의 총살형이 집행되기 직전, 대령은 자신에게 얼음 구경을 시켜주던 아버지 호세 아르까디오 부엔디아의 모습과 아주 어린 시절의 자기 모습을 본다. 다음은 이 소설의 첫 문장과, 첫 문장에서 예언된 시점에서의 서술이다.

> 많은 세월이 지난 뒤, 총살형 집행 대원들 앞에 선 아우렐리아노 부엔디아 대령은 아버지에 이끌려 얼음 구경을 갔던 먼 옛날 오후를 떠올려야 했다.
>
> **— 가브리엘 가르시아 마르케스, 《백년의 고독1》, 조구호 옮김, 민음사, 11p**

그때 새벽녘의 희붐한 광휘가 사라졌고, 그는 다시 짧은 바지를 입고 목에 타이를 두르고 있는 아주 어린 자기 모습을 보았고, 어느 아름다운 오후 자기를 천막 안으로 데리고 들어가 얼음 구경을 시켜주던 아버지를 보았다. 고함을 들었을 때, 그것이 총살형 집행대원들에게 내리는 마지막 명령이라 생각했다.

— 가브리엘 가르시아 마르케스, 《백년의 고독1》, 조구호 옮김, 민음사, 195p

아직 가문의 시조인 우르술라와 호세 아르까디오 부엔디아는 나오지도 않았는데, 대뜸 아들인 아우렐리아노 부엔디아의 회상으로 시작한다. 이 회상은 그 시점이 되었을 때 정확히 실현된다. 반대로 진행되는 이야기의 시점에서 이후 대령에게 벌어질 일을 살짝 들려주기도 하는데, 이런 식이다.

그들은 여행 도중 마지막으로 만났던 원주민들에게서 이미 아주 멀리 떨어져 있는 늪지대들 사이에서 여러 달을 헤매고 난 어느 날 밤, 물살이 마치 얼어붙은 유리 같은 어느 자갈투성이 강가에서 야영했다. **수년 후, 제2차 내전 동안, 아우렐리아노 부엔디아 대령은 리오아차를 급습하기 위해 똑같은 길**

> **로 진격을 시도했는데, 육 일째 되던 날 그는 그게 미친 짓이라는 사실을 깨달았다.** 아무튼, 아우렐리아노 부엔디아의 아버지 일행이 강가에서 야영하던 그날 밤, (…)
>
> — 가브리엘 가르시아 마르케스, 《백년의 고독1》, 조구호 옮김, 민음사, 44p

여기서 강조한 문장을 빼도 전혀 문제가 되지 않는다. 오히려 빼는 쪽이 훨씬 깔끔할 정도다. 그러나 작가는 반복적으로 이런 부분들을 삽입함으로써 과거와 미래를, 미래와 과거를 아주 긴밀하게 연결한다. 아직 벌어지지 않은 일을 이미 벌어진 것처럼 이야기하는 이런 서술은 마치 예언처럼 들린다. 이런 형식은 소설의 내용에서 반복되는 예언을 소설의 형식으로도 나타내주는 역할을 한다.

예언은 시간을 초월하는 인간의 방식이다. 초월적인 존재의 권능을 빌려 인간의 한계를 뛰어넘으려는 시도다. 인간은 시간 안에서 살아갈 수밖에 없으므로 시간 앞에서 무력하다. 그래서 시간을 극복하는 일은 예언의 몫이 되고, 신화의 몫이 된다. 마꼰도의 주민들에게도 이 과제가 주어져 있다(본인들은 모르겠지만). 그들은 예언 말고도 여러 가지 방식으로 시간을 뛰어넘는다.

아무도 잠을 이루지 못하고 하루 종일 눈을 뜬 채 꿈을 꾸었다. (…) 피로 때문이 아니라 꿈이 그리워 잠을 자고 싶어 했던 사람들은 피곤해지기 위해 온갖 방법을 다 썼다. (…) 자기기만적인 경향을 보급시키는 데 가장 크게 기여했던 사람은 삘라르 떼르네라였는데, 그녀는 전에 카드로 미래를 점쳤듯이 **과거에 무슨 일이 있었는지 점치는 방법을 고안해 냈다.** 그 같은 수단을 통해, 불면증 환자들은 카드 점의 불확실한 취사선택에 의해 세워진 한 세계에서 살기 시작했는데, (…)

— 가브리엘 가르시아 마르케스, 《백년의 고독1》, 조구호 옮김, 민음사, 76~78p

모두가 기억 상실에 걸린 세상에서 과거는 미래만큼이나 불확실하다. 아무리 애를 써도 과거를 기억해 낼 수 없고, 가지고 있는 물건의 용도마저 잊어가고 있으므로, 남은 방법은 점을 치는 것뿐이다. 과거를 점친다니, 이렇게 근사할 수가. 이제 과거는 임의로 결정된다. 나는 마을에서 가장 노래를 잘하는 사람이었을 수도 있고, 돈을 잘 버는 장사꾼이었을 수도 있고, 부엔디아 가문의 숨겨진 자식이었을 수도 있고, 마을 주민이 아니었을 수도, 아니 살아있는 사람이 아니었을 수도 있다. 무엇이든 결정된 대로 생각하면 되고, 점을 친

사실조차 곧 잊을 것이다. 미래를 점치듯 과거를 점치는 순간 마꼰도의 사람들은 미래와 과거를 동등하게 알 수 없는 사람들이 되었고, 오로지 현재만을 가진 사람들이 되었다.

'현재'는 사실상 존재하지 않는다. 현재는 부피와 넓이를 가지지 않는 점과 같다. 흘러가는 모든 시간이 현재를 거쳐 가지만 아직 오고 있는 현재는 미래에 불과하고, 존재하려고 하는 순간 현재는 과거가 된다. 이는 동시에 현재가 모든 곳에 존재한다는 뜻이기도 하다. 이 세상에 '점'이라는 것이 실질적으로는 존재하지 않으면서도 가상적으로는 평면의 모든 지점에 무한히 존재하는 것과 같다. 현재는 실질적으로 존재하지 않지만 가상적으로는 영원히 존재한다. 모든 시간은 현재였고, 현재일 것이다. 그렇게 현재만 가진 인간들은 영원한 인간의 표상이 된다. (비록 불면증과 기억상실은 곧 치료되지만.)

호세 아르까디오와 아우렐리아노, 그리고 우르술라와 레메디오스, 아마란따의 반복도 마찬가지 의미를 지니는 듯 보인다. 살아있던 존재가 죽고 그 죽은 존재가 그대로 다시 살아나는, 죽음과 탄생의 반복은 그 자체로 영원에 대한 비유가 되곤 한다. 500년을 살고 죽어서 묻힌 자리에서 정확히 다시 태어나 또 500년을 살고, 또 묻힌 자리에서 태어나는 일을 영원히 반복하는 불사조는 '영원히 살아있는 새'로 일컬어진다. 호세 아르까디오와 아우렐리아노'들'은 몇 명을 제외하고는 모두 마꼰도에서 죽으며, 마꼰도에서 태어나거나 그렇지 않았다면 한 번은 마꼰도를 방문한다. 이들은 그러한 의미에서 개별의 인간이 아닌 하나의 추상적인 개념, 즉 '영원히 살아있는 인간'이 된다.

아우렐리아노 부엔디아 대령이 끊임없이 황금물고기를 만드는 것이나, 아마란따가 끊임없이 상복을 지었다가 풀었다가 짓는 과정 역시 이런 반복을 보여준다. 금화를 녹여 황금물고기를 만들고, 그 황금물고기를 팔아 금화를 벌고, 다시 그 금화로 황금물고기를 만드는 행위는 이 가문의 인간들이 반복되는 방식을 보여준다.

그러나 부엔디아 가문은 결국 시간을 극복하지 못한다. 이 모든 반복은 가문의 시작부터 끝까지 이어지는 선형적 시간에 귀속된다. 호세 아르까디오는 야생적이고 강한 본성을 지닌 인간으로 반복되고, 아우렐리아노는 고독한 성정을 지닌 인간으로 반복되고, 황금물고기도, 수의도 반복되지만, 이 반복은 가문의 시작부터 끝까지 이어지는 직선 위에 놓여 있다. 영원히 반복될 줄 알았으나 그 반복은 결국 멸망하여 허망하다. 그때 반복은 오히려 가문의 폐쇄성과 덧없음을 상징하는 것처럼 보인다. 이러한 세계는 이와 정확히 반대의 모습을 하고 있는 봉준호 감독의 영화 〈설국열차〉가 그리는 세계를 떠오르게 한다. 모든 것이 멸망하고 오로지 설국열차만이 지구를 끊임없이 돌고 있는 세상에서, 꼬리 칸으로부터 엔진 칸까지의 전진은 직선 운동처럼 보이지만 지구 단위로 보면 순환 운동일 뿐이다. 전진하고 진보한다 믿으며 앞으로 나아갔던 모든 노력은 제자리로 돌아오는 과정에 불과하다. 둘 다 허망하게 느껴지는데, 《백년의 고독》은 영원한 줄 알았던 가문의 멸망으로 마무리되고, 〈설국열차〉는 순환 운동을 박살 내고 새로운 희망을 이야기한다.

그러나 부엔디아 가문의 종말이 실제 세계에서의 종말을 의미하지는 않는다. 부엔디아 가문의 이야기는 인간에 대한 새로운 신화가 되어 영원히 살아남는 소설이 되었기 때문이다. 이야기는 보란 듯이 환상적인 장면들을 서술하고 있다.

호세 아르까디오가 침실문을 닫자마자 권총 소리가 집 안을 진동했다. 한 줄기 피가 문 밑으로 새어 나와, 거실을 가로질러 거리로 나가, 울퉁불퉁한 보도를 통해 계속해서 똑바로 가서, 계단을 내려가고, 난간으로 올라가, 터키인들의 거리를 통해 뻗어나가다, 어느 길모퉁이에서 오른쪽으로 돌았다가, 다른 길모퉁이에서 왼쪽으로 돌아, 부엔디아 가문의 집 앞에서 직각으로 방향을 틀어 닫힌 문 밑으로 들어가서는 양탄자를 적시지 않으려고 벽을 타고 응접실을 건너, 계속해서 다른 거실을 건너고, 식당에 있던 식탁을 피하기 위해 넓게 우회해서 베고니아가 있는 복도를 통과해 나아가다, 아우렐리아노 호세에게 산수를 가르치고 있던 아마란따의 의자 밑을 들키지 않고 지나, 곡식 창고 안으로 들어갔다가 우르술라가 빵을 만들려고 달걀 서른여섯 개를 깨뜨릴 준비를 하고 있던 부엌에 나타났다.

"하느님 맙소사!" 우르술라가 소리쳤다.

— 가브리엘 가르시아 마르케스, 《백년의 고독1》, 조구호 옮김, 민음사, 200p

《백년의 고독》의 가장 특징적인 장면 중 하나다. 피가 의식을 가진 양 우르술라를 향해 길을 따라 나아간다. 이 소설 전체의 정조를 잘 보여주는 부분이기도 하다. 《백년의 고독》에서는 수많은 초자연적 현상이 반복적으로 벌어지지만 소설 속의 사람들은 이를 거리낌 없이 받아들인다. 그들이 그러한 현상을 현실로 받아들이므로, 독자들 역시 영문도 모른 채 새로운 현실로 끌려들어 간다. 현실과 환상이 중첩된 이 새로운 세계에서 논리는 이야기로 대체되고, 과학은 신화로 대체된다.

때로 이 소설의 환상은 아주 섬뜩한 현실을 그려내고 있기도 하다. 마을 역 앞에서 바나나 농장의 노동 조건에 항의한 사람들이 정부군의 총을 맞고 죽은 일은 혼란스럽고 환상적으로 그려진다. 시체들과 함께 기차에 타 바닷가에 버려질 뻔했던(혹은 자신이 그렇다고 생각했던) 호세 아르까디오 세군도는 마을로 돌아와 사람들에게 묻지만, 여자는 대답한다. "여긴 죽은 사람이 없는데요. 당신 삼촌인 대령께서 활약하시던 그 시대 이후론 마꼰도에 아무 일도 일어나지 않았어요." 그는 죽는 순간까지도 삼천 명이 넘는 사람들이 바다에 버려졌다는 사실을 잊지 말라고 당부한다. 정말 벌어진 일인지, 아니면 환상에 불과했던 것인지 알 수 없는 상황에서 마을에는 비가 오고, 모든 흔적은 씻겨 내려간다. 오로지 호세 아르까디오 세군도만이 그렇게 주장하고 있으므로 정말 그러했는지는 알 수 없다. 그러나 그가 그렇게 당부했으므로, 이제 삼천 명과 이백 량이라는 숫자가 전설처럼 전해질 것이다.

밤나무 밑에서 영원히 살아가는 호세 아르까디오 부엔디아, 집의 한 방을 차지하고 살아가며 부엔디아 가문의 후손 중 영적인 능력이 있는 사람들과 대화를 나누는 멜키아데스, 하얀 이불과 함께 하늘로 날아올라 사라져 버리는 레메디오스, 석회와 흙을 긁어먹고 사는 레베까, 눈이 멀었음에도 집에서 일어나는 모든 일을 알고 있는 우르술라, 혼자 움직이는 포크와 잉크병, 우유가 사라진 주전자를 채운 구더기들, 돼지 꼬리를 달고 태어나는 마지막 아이.

이것은 문학만이 보여줄 수 있는 세계다. 인생은 본디 해명되지 않는다. 세상이 과학으로 해명되더라도, 적어도 인간의 삶은 그렇지 않다. 눈으로 보이는 원인이 꼭 실제 원인이 아닐 수도 있고, 자신조차 몰랐던 작은 계기가 인생 전체를 바꿨음에도 그것이 다른 계기 때문이라고 확고하게 믿을 수도 있다. 우리는 하나의 인간 속에 몇 개의 특성이 있는지조차 모른다. 한 인간이 다른 인간에게 정확히 어떤 영향을 주는지, 그 영향이 집단에 어떤 영향을 주는지, 반대로 집단이 개인에게 어떤 영향을 주고 개별의 인간이 그 영향을 어떻게 받아들이는지를 명확한 지도로 그려낼 수도 없다. 모든 일은 아주 복잡하고 아주 자연스럽고 아주 부산스럽게 일어난다. 이 모습을 그려내려면 엄밀한 논리로 설명하는 게 아니라 상징적인 세상을 보여줘야 한다. 그럴 때 그 이야기는 시간을 뛰어넘는 신화가 된다. 《백년의 고독》은 문학만이 보여줄 수 있는 상상력으로 신화 같은 세계를 창조해 냈다.

© 김겨울

시간, 모든 것을 먹어치우는 자여

인간을 포함한 지구상의 모든 존재는 시간 안에서 정의된다. 시간이 존재하지 않는 세계를 상상해 보자. 그곳에서 인간은 무엇인가. 아무것도 아니다. 생명이란 무엇인가. 아무것도 아니다. 시간이 없는 세계에 진화란 없으므로 생명은 발생조차 못 했을 것이다.

우리는 시간 안에 살고 있으므로 시간의 바깥에서 시간을 관조할 수 없다. 그러나 우리는 시간 안에 살고 있으므로 시간에 관해 묻지 않을 수도 없다. (지금 몇 시지? 여러분은 지금 시계를 본다.) 그렇기에 시간은 가장 일상적이면서 가장 철학적이고, 가장 표면적이면서 가장 심층적인 존재가 된다. (그리고 묻는다. 시간이 뭐지?) 칸트는 시간과 공간을 인간이 선험적으로 가지는 직관 형식이라고 이야기했고, 프루스트는 '잃어버린 시간을 찾아' 장장 14년에 걸쳐 소설을 썼고 ―《잃어버린 '시절'을 찾아서》로 번역하는 것이 더 정확하다는 의견도 있지만, 일단 그 이야기는 넘어가도록 하자 ― 현대 물리학에서는 시간이 공간과 함께 차원을 이루는 한 축이라고 이야기한다. 고고학이라는 학문도, 역사학이라는 학문도, 물리학, 생물학도 모두 시간 없이는 존재할 수 없는 학문이다. 아니, 애초에 모든 학문이란 시간의 열매인지도 모른다. 모두가 시간 안에서 시간과 싸우며 시간을 보낸다.

시간을 눈으로 보는 방법에는 여러 가지가 있다. 시계의 시침, 분침, 초침의 움직임을 통해서, 모래시계에서 모래가 떨어지는 움직임을 통해서, 나무에 꽃이 피었다가 잎이 떨어지는 변화를 통해서, 해가 지평선에 떠올랐다 사라지는 모습을 통해서 우리는 시간을 본다. 다시 말해 시간은 오로지 변화와 움직임을 통해서만 감각된다.

인간은 언제부터 시간을 느꼈을까. 시간의 감각이란 기본적으로 동물적인 감각이다. 해가 뜨고 지는 사이클에 따라 몸에서는 호르몬을 내보낸다. 밝아지면 낮이라고 인식해 몸을 깨우고, 어두우면 밤이라고 인식해 몸을 재운다. 이 체내 시계*Circadian clock*는 꽤 정확해서, 어두운 곳에 고립된 상황에서 며칠을 지내더라도 처음 며칠간 체온이 변화하는 주기는 약 24시간에서 26시간을 유지한다고 한다(잠을 자는 주기나 '하루'라고 인식하는 주기는 탄력적으로 변하기도 한다). 사람에 따라 체내 시계는 조금씩 다를 수 있지만 보통 빛의 주기에 따라 맞춰지므로, 일상을 살아가는 사람들은 대략 하루에 맞춰 몸이 적응된다. 아주 오래전의 인간들에게도 낮과 밤의 반복이라는 개념 정도는 있었으리라 추측해 볼 수 있다.

일 단위에서 벗어나 조금 더 큰 단위의 변화를 느끼게 된 일은 인간에게 큰 변화를 일으켰다. 인간에게 '계절'이라는 개념이 생겼고, '계절의 반복'이라는 개념이 생겼다. 달이 차고 기우는 모습이 반복된다는 것을 알게 되었고, 해가 떠오르는 위치가 조금씩 바뀌며, 그 역시 반복된다는 것도 알게 되었다. 이런 인지 능력의 폭발적인 발전은 대략 구석기 시대에 이루어진 것으로 알려져 있으나 확실치는 않다. (어떤 학자들은 스톤헨지와 같은 구석기 시대의 유물을 두고 시간 개념을 가리킨다고 해석하나, 이에 대한 반론들도 있다.) 분명한 것은 적어도 기원전 16세기에는 사람들이 시간에 대해 분명히 인지하고 있었다는 것이다. 그때 이미 바빌론과 이집트에서는 해시계와 물시계를 사용했다고 알려져 있다.

서양의 중세 시대에는 시간 개념이 종교적인 측면으로 변화했다. 수도원에서는 하루에 여섯 번 기도를 드려야 했다. 기도를 드리는 시간이 정해져 있었기 때문에, 이를 담당하는 수도사는 물시계와 자연을 잘 관찰하여 종을 울려야 했다. 물론 바빌론에서 하루를 24시간으로 나눈 바가 있지만, 실제 삶에서는 그렇게까지 시간을 분절할 필요가 없었다. 14세기에서 15세기에 이르러서야 유럽 곳곳에 하루를 12등분한 시계탑이 세워졌다. 이제 사람들은 종소리에 맞추어 배가 고프지 않아도 밥을 먹었고, 피곤하지 않아도 잠을 잤다. 우리나라에서는 같은 시기 (고려 시대, 조선 시대에 걸쳐) 하루를 12등분한 해시계와 물시계를 제작하고 사용했다.

현재 우리가 가지고 있는 구체적인 시간 개념은 근대에 이르러서야 등장했다. 증기기관이 발명되고 기차가 땅을 누비기 시작하면서, 기차는 시간에 맞추어 도착하고 출발해야 했다. 노동자들이 공장에 출근하고 퇴근하는 시간도 정해져야 했다. 시간 감독관은 시계를 독점하고 노동자들에게 퇴근 시간을 알렸다. 근대의 교육은 기본적으로 시간에 맞추어 움직이고 사고하는 인간을 길러내겠다는 목표 위에 세워졌다. 시간은 돈이 되었고, 아주 잘게 쪼개졌다. 고대인들이 분 단위를 느꼈을까? 그럴 것 같지 않다. 하지만 우리는 한다. 우리는 1분의 휴식 시간이 얼마나 짧은지 안다. 1분의 어색한 시간이 얼마나 긴지 안다. 학교에 5분 지각할 때, 교수님이 수업을 10분이나 넘겨서 끝낼 때, 우리는 안절부절못한다.

이것은 정확히 말하면 인간이 시간을 나눠온 역사다. 인간이 경험하는 시간 자체는 늘 그대로였다. 적어도 지금까지 밝혀진 바로는, 인간들이 지극히 실용적인 목적으로 시간을 나누는 동안, 우주의 시간은 아주 오랫동안, 아주 독자적으로, 아주 근사하게 그 자리에 있었다. 우리는 과학혁명의 시기부터 그 사실을 조금씩 알게 됐다.

17세기 뉴턴 물리학은 우리가 살아가는 세계를 깔끔하게 설명했다. 관성의 법칙, 가속도의 법칙, 작용과 반작용의 법칙이라는 세 가지 통찰은 놀라웠고, 우리가 느끼는 세계와 아주 잘 맞았다. 세계의 움직임은 이제 수식으로 정리되기 시작했다. 문제는 이 모든 법칙이 실행되는 시간과 공간을 어떻게 정의하느냐 하는 것이 었다. 뉴턴은 절대공간과 절대시간을 상정했다. 어디에서나 존재하는 절대적인 공간과 시간이 있고, 절대공간 안에서 절대시간에 따른 변화가 이루어진다는 설명이었다. 그러니까 텅 빈 우주 공간에서 운동하는 물체는 공간에 대하여, 정해진 시간을 따라 운동하고 있는 것이다. 다른 기준이 없어도 된다. 공간은 늘 공간으로 있고, 그 공간의 모든 부분에서 시간은 동일하게 흐른다. 역시 인간의 직관과 잘 들어맞는다. 그런 이유로 뉴턴은 《프린키피아》에서 시간과 공간을 따로 정의하지 않겠다고 선언한다. 그러나 이런 가정에는 석연치 않은 부분이 많았다. 그 석연치 않은 부분을 해결하는 역사가 곧 우주물리학의 역사이기도 하다.

그 역사에서 가장 결정적인 일을 한 사람은 우리가 잘 알고 있듯 아인슈타인이다. 특허청에 근무하고 있던 아인슈타인은 온갖 특허를 처리하며 20세기 새로이 등장한 많은 기술을 살펴볼 기회가 있었다. 20세기와 21세기에 걸쳐 교통과 통신이 발달하면서 점점 넓은 단위의 동시성을 정의해야 했음을 생각해 보면, 동시성이라는 개념이 물리학의 화두로 떠오른 것은 우연이 아닐지도 모른다. (물론 그 반대 방향으로도 영향이 있었을 테다.) 아인슈타인은 특수상대성이론과 일반상대성이론을 통해 우리가 직관적으로 알고 있던 시간과 공간의 개념을 완전히 깨부쉈다. 우주는 그런 식으로 돌아가지 않는다는 것이다. 우주의 시간은 우리의 생각보다 훨씬 이상한 존재다. 결론부터 말하자면, 시간은 상대적이다. 동시성은 모호한 개념이다. 사람마다 인생의 과정이 다르다는 추상적인 말이 아니라, 그 사람의 상태에 따라 실제로 시간은 다르게 흐른다는 말이다. 그 차이가 너무 작아 우리가 사는 세계에 크게 영향을 주지 않을 뿐이다.

아인슈타인의 물리학에서 시간과 공간은 분리되어 있지 않다. 공간의 움직임과 시간의 움직임이 서로에게 영향을 준다. 이를테면, 멈춰있는 물체는 시간을 따라 움직이고 있다. 그 물체가 공간을 따라 움직이기 시작하면 시간이 흐르는 속도가 조금 줄어든다. 시공간 전체를 기준으로, 시간에만 쓰던 변화량 일부분을 공간에서 움직이는 데 쓰기 때문이다. 이것이 특수상대성이론의 핵심이(라고 한)다. 한강 둔치에 앉아 맥주를 마시고 있는 사람이 한강 변을 따라 달리고 있는 사람의 시계를 보면, 그 사람의 시간은, 아주 아주 아주 아주 작은 차이지만, '실제로' 느리게 흐른다.

이게 한강 변에서만 일어나는 현상이면 문제가 없겠지만, 문제는 이런 사태가 우주 전체에서 벌어지고 있다는 점이다. 지구보다 훨씬 빠르게 움직이고 있는 별이 있다면 그 별의 시간은 실제로 지구의 시간보다 느리다. 아니, 이게 어떻게 된 일이야. 우주 전체가 각기 다른 시간으로 흐르고 있다니. 그렇다면 동시성을 도대체 어떻게 정의할 수 있단 말인가. 우리는 세계 표준시를 정해놓고 거기에 맞추어 모든 일을 수행하고 있지만, 우주 단위로 보면 동시성은 아주 이상한 개념이 된다. 아까 그 별이 지구에서 아주 멀리 떨어져 있다면 문제는 더욱 심각해진다. 그 별을 관측하는 데는 빛의 속도만큼의 시간이 걸린다. 다시 말해, 그 별의 '현재'를 우리는 절대로 볼 수 없다. (실제로 우리가 보는 달은 8분 전의 달이다.) 게다가 빛의 속도는 움직이는 물체가 재든 정지한 물체가 재든 늘 일정하므로, 움직이고 있는 지구에서 보는 그 별의 시점과, 멈춰 있는 다른 별에서 보는 그 별의 시점은 완전히 달라진다. 지구에서는 그 별의 4000년 전 모습을 보지만, 같은 시각 다른 별에서는 그 별의 300년 전 모습을 보고 있을 수 있다는 것이다. (같은 시각이라는 것은 물론 가설적 상황이다.) 혼란하다 혼란해.

여기에 더해서, 아인슈타인은 일반상대성이론을 통해 시간과 공간의 변화 자체가 우주임을 보여주었다. 앞서 말한 특수상대성이론에서는 가속운동이 고려되지 않았다. 예를 들어, 창문 없는 우주선을 타고 우주로 나간다고 상상했을 때 가속운동은 중력과 구별이 불가능하므로(가속의 정도를 잘 조절해 보면 우주선 안에 있어도 마치 지구에 있는 듯한 중력을 느낄 수 있을 것이다), 가속운동은 물리적으로 중력과 동일한 현상이다. 수식 상으로도 그렇다고 한다. 그런데 계속 속도가 변한다는 것은 시간의 변화량이 계속 변한다는 뜻이므로, 공간 역시 변화하게 된다. 요약하면 가속운동에 의해 공간이 휘어진다는 것이고, 다시 말해 중력에 의해 공간이 휘어진다는 것이다. 이것은 시간을 지연시킨다. 이 공간과 시간의 모음이 우주라고 한다. 혼란하다 혼란해. (나는 최선을 다했다. 틀린 부분이 있을 수 있다.)

우주의 시간은 이제 인간의 시간과는 완전히 작별했다. 뭔가 이상하게 흘러가고 있다. 특수상대성이론을 받아들이게 되면, 우주의 시공간 전체가 '거기에 있는 것'이 된다고 한다. 과거부터 미래까지의 어떤 덩어리가 놓여있고, '현재'란 그 시공간을 차례대로 경험하는 순서다. 반대로 양자 수준으로 내려가면 더 이상해진다. 정말 이상해진다. 양자역학에 대한 교양 과학서를 열 권 이상 읽었지만 상식적으로는 이해가 안 돼서 두 번 말했다. 광자의 과거는 여러 가지 가능성이 중첩된 상태로 있다가, 인간이 관측하는 순간 그중 하나를 대표로 선택해 보여준다고 한다. 실험 설계에 따라 광자의 과거를 지울 수도, 만들 수도 있다는 것이다. 한국어로 썼지만 무슨 말인지 모르겠는 이 상황은 아주 큰 단위의 세계와 작은 단위의 세계에서는 인간의 직관적인 시간관념이 통하지 않는다는 사실을 보여준다.

그래서, 도대체 시간이란 무엇인가? 시간이라는 게 존재하기는 하는 건가? 이 모든 것이 착각이고, 환상이고, 실은 다 정해진 순서를 통과하는 것에 불과하고, 혹은 통과한다고 착각하는 것에 불과하고, 모든 일은 이미 벌어져 있고, 시간은 영원히 멈춰 있고, 선택할 수 있는 것은 없는 것인가? 시간이 정말 흘러가는 거라면,

빅뱅 이전과 열죽음*heat death*◘ 이후에는 시간이란 없는 것인가?

감히 답하자면, 이 질문들은 답변되지 않을 것이다. 정확히 말하자면, 이 질문들은 과학적인 질문들이 아니다. 훗날 물리학자들이 마침내 시간과 우주를 완전히 규명하더라도, 개별의 인간은 시간에 답하지 못하고 시간을 설명하지 못한 채로 시간 속에서 살아갈 수밖에 없다. 우리가 느끼는 시간이란 해명할 수 없음에도 그 안에 내던져져 있는 삶의 기본 조건이다. 모든 현상의 기본 조건이자 모든 인식의 기본 조건이다. 그리고 시간과 삶이 완전히 규명될 수 없다는 점이 얼마나 다행스러운지 생각한다. 시간이라는 불가해한 존재 안에서 자신을 만들어가는 작은 존재들.

때로 시간의 나이는 몇 살일지 생각해 보곤 한다. 거대한 시간이 천천히 고개를 돌리는 모습을 상상한다. 과거에서 미래로 나아갈수록 지나온 시간은 길어지고 남은 시간은 짧아진다. 그러므로 세상의 시작을 기준으

◘ 열죽음: 우주의 종말 중 한 가능성으로, 운동이나 생명을 유지할 수 있는 자유 에너지가 없는 상태

로 하면 시간은 시간이 흐름에 따라 나이를 먹는다. 하지만 우리를 기준으로 하면 가장 나이를 먹은 시간, 그러니까 현재야말로 가장 새로운 시간이다. 과거나 미래로 멀리 나아갈수록 시간은 나이를 먹는다. 시간은 오랜 시간 살아왔는가, 오랜 시간 죽어왔는가.

나를 괴롭히는 것은 가장 늙은 현재다. 몇 달 전에 찍은 영상을 볼 때, 옛날에 써둔 글을 볼 때, 몇 년 전에 썼던 곡을 들을 때, 어떤 위화감에 사로잡힌다. 아주 오래전부터 나이를 먹으면서 많은 일을 차곡차곡 쌓아온 시간이 나를 노려본다. 무수한 과거의 내가 일제히 나를 바라본다. 그 수많은 눈동자와, 손짓, 말, 이야기가 사방에서 들이닥친다. 나는 묻는다. 저게 나였나? 나를 주시하는 시선들 앞에서 과거가 미래의 무덤인지 미래가 과거의 무덤인지 혼란스러워한다. 그러나 무슨 짓을 해도 그 눈동자들을 피할 수는 없다.

고대 그리스 신화에 등장하는 신 중 가장 첫 번째로 등장하는 신, 그러니까 신들의 공통 조상은 우라노스*Uranos*다. 우라노스와 가이아*Gaia* 사이에서 나온 티탄 신족들 중 하나가 크로노스*Kronos*인데, 크로노스는 아버지인 우라노스의 남근을 낫으로 자르고 권좌에 올랐다.

그는 우리가 잘 알고 있는 제우스, 헤라 등의 자식들이 다시 그의 권좌를 빼앗을까 봐 태어나자마자 통째로 삼켰다. 이후에 제우스에게 패배하긴 하지만, 어찌 되었든 자식을 통으로 삼키는 장면은 충격적이다.

크로노스라는 이름이 오르페우스교의 신화에 등장하는 시간의 신 크로노스*Chronos*와 발음이 같고(이 어원은 현대의 'chronicle[연대기]' 같은 영어 단어에도 남아있다.), 또한 크로노스가 농업의 신 사투르누스*Saturnus*('씨를 뿌리는 자'라는 뜻)와 같은 신으로 여겨지면서, 크로노스의 낫은 아버지를 베고, 때가 되어 밀을 베고, 사람을 죽음으로 베어가는 낫을 상징하게 되었다. 시간의 낫은 모든 존재를 삼키고 벤다. 미래는 반드시 현재가 되고 현재는 반드시 과거가 된다. 과거의 눈동자들은 늘 거기에 있다.

살면서 시간이 인간에게 희망도 절망도 될 수 있음을 여러 차례 보았다. 자살하고 싶은 인간의 등을 기어이 떠미는 것은 내일도 자신이 똑같이 절망적인 시간을 살아야 할 것이라는 사실이다. 죽을 만큼 힘들어 보이는 사람일지라도 그의 앞에 희망적인 시간이 놓여있다면 그는 죽지 않을 수 있다. 과거의 시간이 그리워 병이 되기도 하고 다가올 시간이 모자라 슬퍼하기도 한다. 인간을 움직이게 하는 것은 무엇인가. 내가 가을처럼 사라지고 싶을 때 나를 잡아두는 것, 모든 일을 놓고 싶을 때 꾸역꾸역 나의 일을 하게 하는 것은 무엇인가. 상처 입은 사람에게 상처를 잊게 하고, 어리석은 사람을 가르치는 것은 무엇인가. 늘 그곳에 있는 것은 무엇인가.

시간을 초월하는 것은, 존재하든 존재하지 않든, 신뿐이다. 그래서 사람이 무엇으로 사느냐는 물음에 누군가는 신이라고 답할지도 모른다. 시간이라는 장벽을 넘어서서 나에게 사랑을 주는 신, 나를 영원히 살게 하

© 김겨울

는 신, 나마저도 시간을 뛰어넘게 하는 신. 신을 믿지 않는 나에게 신의 자리를 차지하고 있는 것은 시간이다. 어찌 되었든 시간은 흐른다는 믿음, 이것은 과거가 되리라는 믿음, 내가 시간을 뛰어넘어 지키려던 다짐이 결국 흩어질 것이라는 믿음, 끔찍한 기억과 행복한 시절이 시간 속에 흐려질 것이라는 믿음. 그렇게 시간은 신앙이 된다. 결국 시간은 흐르리라. Tempus, edax rerum(시간, 모든 것을 먹어 치우는 자).

시간 안에서 한없이 작아지기

가장 거대한 세계 앞에서 한없이 작아지는 자신을 느끼는 순간이 있다. 우주의 시작과 끝이 까마득하고, 시간은 걷잡을 수 없이 흐르고, 인간은 먼지에 불과하고, 그중에서도 차마 위대하지도 않은 나에게는 어떤 욕심도 허락되지 않는다고 느껴질 때. 백여 년에 불과한 짧은 시간을 보내다 원소 몇 개로 분해될 일을 생각하면 한편으로는 막막하고, 다른 한편으로는 차라리 안심된다.

이 막막함은 누구에게나 도사리고 있는 법이어서 아주 오래전의 책에도 등장하곤 한다. 마음이 허무해질 때마다 펼치는 마르쿠스 아우렐리우스의 《명상록》은 그중 하나다. 처음부터 끝까지가 하나의 잠언집처럼 보이는 이 책은 원래 '자기 자신에게*ta eis heauton*'라는 제목으로 쓰인 수상록이다. 후대 사람들이 이를 묶어 '명상록'이라는 제목을 붙였다. 번역어에 따라 조금씩 다르긴 하지만 대체로 '자기 성찰을 담은 책'이라는 의미를 지닌 제목으로 불린다.

이 책을 쓴 마르쿠스 아우렐리우스는 로마의 16대 황제였다. 기원후 121년에 태어나 180년에 죽은 것으로 알려진 그는 어린 시절부터 진리 탐구에 관심이 많았다고 전해진다. 당대 최고의 학자들에게 철학, 수사학, 미술 등을 배운 그는 로마 곳곳에서 일어난 반란과 침략에 맞서 전선을 지휘하기도 했다. 로마의 5현제, 즉 다섯 명의 현명한 황제 중 마지막 황제로 불리는 그의 재위 기간 로마는 전염병과 전쟁에 맞서 전성기를 최대한 방어했다.

그는 로마의 황제였으나 동시에 대표적인 스토아 철학자로 꼽히기도 한다. 스토아 철학은 헬레니즘 시대에 출현한 철학으로, 보통 비슷한 시기 등장한 에피쿠로스 철학과 대비되는 철학으로 알려져 있다. 헬레니즘 시대는 기원전 3세기 알렉산드로스 대왕이 거대한 알렉산더 제국을 건설하면서 시작된 시대다. 19세기 독일의 역사가이자 정치가인 드로이젠이 이 말을 처음 사용하여, 거대 제국 안에서 그리스 문화와 동방 문화가 교류하던 시기를 정의했다. 도시국가 중심으로 강하게 뭉쳐 있던 이전과는 달리 새롭게 생긴 제국에서 개인은 혼란에 빠졌고, 이를 극복하기 위한 개인주의 철학과 사실적이고 거친 미술적 표현이 나타났다. 알렉산드로스 대왕의 사후 분열된 왕국들이 로마에 흡수되면서, 헬레니즘 문화는 로마 제국에도 영향을 주었다. 스토아 철학 역시 로마로 이어졌다.

스토아 철학은 이후에도 계속 서양 역사에 선명한 인장을 남겼다. 로마 시대에는 만민법 제정에 영향을 주었다고 평가된다. 스토아 철학의 입장에서 이성을 지니고 있는 모든 인간은 자연의 섭리 속에서 동등하기 때문에, 모든 인간에게 동일한 법이 적용되어야 한다. 스토아 철학의 창시자로 여겨지는 제논은 인간 전체가 공통의 섭리와 하나의 질서 아래 살아야 한다고 말하기도 했다. 개인주의적이면서도 세계시민주의적인 성격을 지닌 스토아 철학의 특징이 잘 드러나는 말이다.

스토아 철학의 유물은 지금의 영어 단어에도 남아있다. 'stoic'이라는 영어 단어는 금욕적이고 절제한다는 뜻의 단어다. 여기서 나타나듯 스토아 철학은 보통 금욕주의로 여겨진다. 스토아 철학의 관점에서 보면 세상은 이성(로고스)이라는 원칙하에 질서정연하게 굴러가고 있고, 모든 일은 섭리에 따라 일어난다. 그 속에서 인간 역시 섭리에 따르는 삶을 살아야 하며, 섭리에 따르는 삶이란 우주의 원리를 받아들이고 평정심을 갖는 삶이다. 이 평정심은 욕심을 버리는 데서 온다. 외적인 가치보다 내적인 가치를 중요시하고, 소박하게 살며, 공동체에 봉사하고, 이성을 방해하는 충동과 정념을 물리치는 삶이 스토아 철학이 말하는 이상적인 삶이다. 이런 삶의 방식은 이후 중세 시대 교부教父들에게도 바람직하게 여겨졌다.

우주의 원리를 탐구하고 논리학에 기여했던 초기 스토아 철학과 달리, 후기로 갈수록 스토아 철학은 점점 더 내면의 평정과 위안을 중시하는 철학이 된다. 마르쿠스 아우렐리우스 황제는 후기 스토아 철학을 대표하는 인물로서 내면으로 침잠하는 스토아적 삶을 실천하고자 노력했다고 전해진다. 그가 그렇게 틈틈이 남긴 기록이 《명상록》이다.

《명상록》에서 이야기하는 시간은 무한하고 무자비하다. 유한한 인간의 시간은 그에 비하면 티끌에 불과

하다. 인터넷에는 종종 우주의 크기 비교를 구현한 플래시나 영상이 떠돈다. 야구장에서 시작해 국가, 지구 전체, 금성, 목성, 태양, 은하계 전체, 우리 은하, 성단으로 이어지는 영상에는 무섭고 허무하다는 댓글이 달린다. 현재까지 과학이 탐구한 바가 맞는다면 138억 년쯤 전에 우주가 시작되었을 테고, 인간의 수명을 100년으로 잡으면 한 인간이 1억 번 죽고 곧바로 다시 태어나도 이에 못 미친다. 역시 무섭고 허무한 숫자다. 인간이란 무한하고 영원한 우주에서 잠시 태어나 조금의 인생을 손에 쥐었다 이내 먼지로 돌아가는 존재임을 마주할 때, 우리는 평소에는 잊고 있는 삶의 허무를 깨닫는다. (우주에 끝이 있다고 해도 우리에게는 와닿지 않으므로 수사적으로 영원하다고 표현해도 무리는 없을 것이다.)

> 시간의 전체와 실체의 전체를 항상 상상하라. 모든 개별 부분은 실체에 견주면 무화과 씨에 불과하고, 시간에 견주면 송곳을 한 번 돌리는 순간에 불과하다.
>
> **— 마르쿠스 아우렐리우스, 《명상록》, 천병희 옮김, 숲, 10권 17장**

네가 그것의 가장 작은 일부분에 지나지 않는 모든 실체를 생각하고, 그 가운데 짧고 순간에 불과한 기간만이 너에게 주어진 시간의 전부라고 생각하라. 그리고 운명을 생각하라. 너는 그것의 얼마나 작은 부분을 가지고 있는가?

— 마르쿠스 아우렐리우스, 《명상록》, 천병희 옮김, 숲, 5권 24장

시간은 생성되는 만물로 이루어진 강, 아니 급류이다. 무엇이든 눈에 띄자마자 휩쓸려가고, 다른 것이 떠내려오면 그것도 곧 휩쓸려갈 것이다.

— 마르쿠스 아우렐리우스, 《명상록》, 천병희 옮김, 숲, 4권 43장

그러나 허무에 빠져 있을 수만은 없다. 우리는 살아야 하기 때문이다. 이 허무를 마주하면서도 매일을 살아내려면 자신이 소멸하는 존재임을 인정해야 한다. 모든 것은 변한다. 마르쿠스 아우렐리우스에게 우주의 섭리란 소멸이다. 끊임없이 변하고 사라지는 질서 그 자체다. 그래서 그가 '자기 자신에게' 남긴 수많은 메시지에는 무한한 시간 속에서 곧 스러질 인간으로서 지녀야 하는 태도에 대한 다짐이 자주 등장한다. 영원한 우주에서 변하지 않는 유일한 진리는 모든 것이 변한다는 사실뿐이며, 죽음은 반드시 다가올 것이므로, 원자로 흩어지기 전에 너 자신을 구원하라.

우주의 순환운동은 늘 같은 것이니, 오르고 내려오며 영원에서 영원으로 이어진다. (…) 곧 흙이 우리 모두를 덮는 날이 올 것이다. 우리를 덮고 나면 흙도 변할 것이며, 그 변화의 결과물은 계속 변하고, 다시 그 결과물이 변하여 생긴 결과물도 계속해서 변할 것이다.

— 마르쿠스 아우렐리우스, 《명상록》, 천병희 옮김, 숲, 9권 28장

네가 보고 있는 모든 것은 곧 소멸할 것이다. 그것이 소멸하는 것을 보고 있는 자들도 역시 곧 소멸할 것이다. 그리하여 최고령까지 살다 간 사람이나 요절한 사람이나 같은 처지가 될 것이다.

— 마르쿠스 아우렐리우스, 《명상록》, 천병희 옮김, 숲, 9권 33장

머지않아 너는 어느 곳에도 존재하지 않을 것이며, 네가 지금 보고 있는 모든 것과 지금 살아있는 모든 사람도 마찬가지라는 점을 명심하라. 왜냐하면 만물은 다른 것들이 나름의 순서에 따라 생겨나도록 변하고 바뀌고 소멸하기 때문이다.

— 마르쿠스 아우렐리우스, 《명상록》, 천병희 옮김, 숲, 12권 21장

이 허무함 속에서 어떻게 자신을 구원할 수 있는가. 마르쿠스 아우렐리우스는 자신에게 요구한다. 현재에 집중하고, 욕심을 버린다. 헛된 희망을 버리고, 모든 것은 잊힐 것임을 생각한다. 살아있는 한 선한 인간이 될 수 있도록 노력한다. 살아있는 한 세상에 기여할 수 있도록 노력한다. 차분하고 담담하게 할 일을 한다. 껍데기가 부푼 인간이 아닌 작고 소박한 인간으로서 살아간다. 그리고 이 요구는 독자에게 말을 건다. 이 갑갑한 스토아적 삶을 실천할 생각이 있느냐고.

스토아 철학은 앞에서 이야기했던 우연의 세계와 필연의 세계 중 필연의 세계에 속한 철학이다. 모든 일이 섭리에 따라 일어나고, 벌어질 일이 벌어지는 것이라고 선언하기 때문이다. 이런 입장이 기독교적으로 느껴진다면 부분적으로는 맞는 이야기다. 비록 마르쿠스 아우렐리우스는 기독교를 배척했지만, 중세의 기독교 교부들은 후기 스토아 철학자였던 세네카의 저작을 좋아하기도 했다. 스토아적 삶은 종교에 국한되지 않고 많은 사람에게 영감을 준다. 거기에는 나 같은 우연의 세계 시민도 포함된다.

스토아 철학은 지극히 개인주의적이고 더 나아가

자신에게 침잠하는 철학이므로 실제로 어떤 시기에 책을 읽느냐에 따라 감상이 다르기도 했지만(가끔 철학은 세계에 적응하는 게 아니라 세계를 비판해야 한다!), 개인적인 허무에 빠질 때마다 《명상록》에서 적지 않은 위안을 얻었다. 잠언과도 같은 말들을 실은 수많은 책 중에서도 《명상록》만큼 와닿는 책은 없었다. 마르쿠스 아우렐리우스는 허무를 극복하라고 말하지 않고 허무 위에 삶을 세우라고 말한다. 나를 가장 작게 만들고 가장 초라하게 만들어 시간 앞에 겸손하도록 무릎 꿇린다. 시간이 신앙이라면 무릎 꿇어야 마땅하다. 아마도 내가 그토록 위안을 얻은 이유는 그 때문일 것이다. 무상한 세상 속에서 애써보겠다는 마르쿠스 아우렐리우스의 태도가 너무나 익숙하기 때문에.

더 나은 인간이 되고 싶다는 바람에 질식하다가도, 그래봤자 '머지않아 너는 모든 것을 잊을 것이고, 머지않아 모두가 너를 잊을 것'(7권 21장)이라는 차가운 말을 마주하면 숨통이 조금 트인다. 지금 책을 쓰는 이 순간에도 이 말로 스스로를 위로한다. 가장 허무한 선언이 가장 큰 위안을 주는 역설. 아래는 《명상록》에서 가장 좋아하는 구절이다.

머지않아 순식간에 너는 재나 유골이 될 것이며, 이름만, 아니 이름조차 남지 않을 것이다. 이름은 공허한 소리나 메아리에 불과하다. 살아 있는 동안 높이 평가받던 것들도 공허해지고 썩고 하찮아지며, 서로 물어뜯는 강아지들이나 금방 웃다가 금방 울음을 터뜨리는 앙살스러운 아이들과 같다. 그러나 성실과 염치와 정의와 진리는 길이 넓은 대지에서 올림포스로 가게 될 것이다. 그렇다면 무엇이 너를 이 세상에 붙잡아두는가. 만약 감각의 대상들이 쉬이 변하고 안정성이 없다면, 우리의 감각기관들이 불확실하고 쉬이 오도된다면, 가련한 혼 자체가 피의 증기에 지나지 않는다면, 그런 자들 사이에서 명성을 얻는 것이 무의미한 일이라면 말이다. 그러면 어떻게 해야 하는가. 소멸이 됐든 이주가 됐든 담담하게 기다려야 한다. 하지만 그때가 올 때까지 어떻게 하면 만족스럽겠는가. 신들을 공경하고 찬양하는 것, 사람들에게 선행을 베푸는 것, 사람들을 '참고 견디거나' '멀리하는 것' 말고 또 무엇이 있겠는가. 그러나 이 가련한 육신과 호흡의 영역 안에 있는 것은 그 어떤 것도 네 것이 아니며 너에게 달려 있지 않다는 점을 명심하라.

— 마르쿠스 아우렐리우스, 《명상록》, 천병희 옮김, 숲, 5권 33장

무심코 밤하늘을 보다가 선명히 보이는 오리온자리와 북두칠성에 괜히 울컥해서 한참을 멍하니 바라본 적이 있다. 3000년 전에도, 800년 전에도 인간은 똑같은 하늘을 바라보았을 것이다. 밤하늘에 뜬 별을 볼 때, 그리고 그 별이 인간보다 한없이 오랫동안 존재해 왔고 또한 존재할 것임을 생각할 때면 사소한 땅 위의 일들이 마음속에서 연기처럼 사라진다. 나는 이내 재나 유골이 될 것이고 이름조차 남지 않을 것이므로, 성실과 염치와 정의와 진리를 마음에 새기고 선행을 베풀며 모든 것을 담담하게 기다리는 수밖에는 없다.

© 김겨울

인문학과 과학 사이

과학1.

고등학교 때는 의과대학에 진학하고 싶었다. 이왕 타의로 공부에 던져진 몸, 조금 더 숭고한 일을 하는 데에 쓰고 싶었기 때문이다. 인간의 가장 물리적인 신체를 만져 가장 정신적인 구원을 해내는 일. 사선을 넘나드는 사람들을 삶을 향해 끌어올리는 일은 매력적으로 보였다. 그렇게 이과를 갔는데, 문제는 정말 온종일 수학과 과학만 공부했다는 점이었다. 국어와 영어의 비중은 훨씬 작아졌고 사회탐구는 아예 배우지도 않았다. 물론 과학을 너무나 좋아했고(지금도 좋아하고) 실제로도 열심히 공부했지만, 인간에 대한 여러 고민이 삶의 일부였던 나에게 인문학이 거세된 삶은 아주 낯설었다. 무언가 중요한 것이 결여되었다는 느낌을 받았다. 게다가 예술을 하고 싶다는 미련도 지독히 똬리를 틀고 있어, 아름다움의 곁에서 아름다움을 탐구하는 미학으로나마 그 미련을 해소하고 싶다는 바람 역시 끈질기게 나를 괴롭혔다. 수학을 잔뜩 배우고, 과학탐구를 여섯 과목이나 배우고 나서 나는 문과로 전과했다. (요새는 문이과 구분이 없어졌다던데, 역시 조금 늦게 태어났어야 한다.)

인문학1.

목표는 미학과였다. 미학과에 가겠다고 열심히 공부했는데, 미학과에 떨어졌다. 차선책으로 철학과에 가야겠다고 생각하고 대학교 인문학부에 들어갔다. 당시 대학교에서는 1학년 때의 성적에 따라 원하는 전공을 지원하게 하여 2학년 때부터 전공 공부를 하도록 했다. 철학과를 목표로 서양기독교사니 성과 욕망의 철학이니 하는 인문학 수업을 열심히 듣고, 심리학과에 진학했다. (네?) 주변 심리학과 선배들이 듣는 수업을 곁눈질할 수 있었는데, 인간 심리를 탐구한다는 지극히 인문학적으로 보이는 학문이, 생각보다 이과적인 학문이었다. 뇌 부위가 꼼꼼하게 그려진 교과서를 보자 의대를 지망하던 고등학교 1학년생 김겨울이 냉큼 소리를 질렀다. 이거야! 이걸로 해!

과학2.

심리학과는 인문학부에 소속된 학과지만 실질적인 방법론의 상당 부분이 과학에 적을 두고 있다. 심리학과에서 다루는 과목의 스펙트럼이 아주 넓기는 하지만, 대체로 사회과학의 방법론부터 생물학의 내용까지 다양한 과학의 요소들을 배우게 된다. 2학년 때 교환학생으로 간 미국에서 심리학과 전공 수업을 처음 들었는데, 운 좋게도 전공필수 기초과목을 정말 잘 가르치는 교수의 수업을 들었다. 가설 수립과 실험 설계, 통계 분석, 논문 읽기 등 심리학 공부에 필요한 과학적 방법론의 기초를 철저하게 반복하고 또 반복하며 명쾌하게 가르치는 교수였다. (교수님은 정말 잘 가르치셨건만. 하지만 여기서 죄송하다고 말해도 미국인이므로 알아듣지 못할 것이다.) 한국에 돌아와서도 나의 과학 사랑은 계속되어서, 상담심리학이나 임상심리학보다는 생물심리학, 인지심리학, 신경심리학 같은, 지극히 생물학에 가까운 심리학 수업을 매우, 매우 편애했다. 시험 기간에 뇌 부위와 실험 결과를 모조리 외우느라 머리가 깨지는 것만 빼면 정말 즐거운 수업들이었다. (다시 한번, 정말 좋은 교수님들이셨건만. 이건 한국어지만 바쁘신 분들이니 괜찮겠지.) 인간의 인지를 생물학으로 배운다는 건 그야말로 짜릿한 일이었다. 인문학적인 주제를 과학적으로 탐구하는 학문이라니! 그리고 또 하나의 전공을 선택해야 할 시점이 되어, 나는 당연하게도 철학과를 선택했다.

인문학2.

철학과에서는 내가 꿈꾸던 모든 것을 가르쳤다. 존재론, 윤리학, 형이상학, 언어철학, 해석학, 그리고 그렇게 궁금해했던 미학까지. 내가 다닌 학교의 철학과에서는 애석하게도 앞으로의 철학 코스를 친절하게 안내해 주는 입문 수업이 없어 맨땅에 헤딩하는 기분으로 전공 수업을 들었다. (관심 있는 수업이라서 신청했는데 교수님이 첫 시간에 칸트의 논문을 독일어로 나눠주었을 때 전공 신입생의 기분을 서술하시오.(3점) 그래도 나만 그리 막막하지는 않았으리라 믿는다. 그렇다고 해주세요.) 물론 보통의 대학생들이 그렇듯 모든 수업을 다 열심히 들은 것은 아니고, 가르치는 방식이 너무 안 맞는다거나, 필수로 들어야 하는데 별로 관심이 없는 분야인 경우도 많아 꾸역꾸역 듣기도 했지만, 어찌 되었든 철학에 드디어 입문했다는 기분이 들었다. 머리를 쥐어 뜯어가며 과제로 나온 저작들을 읽고, '플라톤의 철학에 대해 논하시오.'라는 한 문제만 출제된 중간고사 시험을 치렀다. 음악 작업이니 뭐니

해서 학점이 최고 수준은 못 됐지만, 어쨌든 좋아하는 수업들에서는 넉넉히 좋은 학점을 받았고 학사경고 없이 졸업은 했다. 자, 이제 시작이야, 내 꿈을 위한 여행. 졸업이야말로 공부의 시작이니까! (물론 변명이다.) 대학 졸업 후에는 공부를 못하고 있다는 게 문제고, 그래서 좀 답답하지만, 어쨌든 졸업장에는 심리학과 철학이 함께 찍혔다. 여전히 둘 다 잘 모르지만. 아, 철학 공부를 좀 더 열심히 해야 했는데.

과학3. (엄밀히는 공학1.)

졸업을 했는데, 유튜버가 됐다. 최첨단 기술이 인류의 명운을 주도하는 4차 산업혁명의 시대에 흐름에 발맞추어 나가는 슈퍼 테크놀로지 직업...은 아니고 아무튼 유튜버가 됐다. 온종일 거대한 컴퓨터를 잡고도 모자라 들고 다니며 쓸 장비를 고민하는 얼리어답터로서 매년 발표되는 여러 신제품의 스펙에 관심의 끈을 놓지 않는다. 카메라로 영상을 찍어서, 컴퓨터로 편집을 해서, 최대한 유튜브 알고리즘에 적합할 만한 제목과 섬네일, 태그를 고민한다. 구글에서는 구체적인 알고리즘을 공개하지 않지만 유튜버들은 경험을 통해 무엇이 좋고 무엇이 나쁜지를 알아간다. 이것 자체가 문제가 아니라, 아무튼 나는 구글의 알고리즘을 고려해야 하는 직업을 갖게 된 것이다. 세상에. 심리학과 철학은 4차 산업혁명의 시대에 무엇을 할 수 있나요?

인문학3.

저는 북튜버가 되었습니다.

심리학과와 철학과를 함께 다니면서 겪은 가장 큰 문제는 내적 갈등이었다. 인식론 수업에 들어가서는 인지심리학을 대변하고 생물심리학 수업에 들어가서는 인간이 아무리 물리적 존재더라도 그 이상일 수 있다고 외쳤다(속으로만). 나는 철학과 수업에 가면 심리학과 학생이 되었고, 심리학과 수업에 가면 철학과 학생이 되었다. 나는 인간이 완전한 물리적 존재라고 믿으면서도 인간이란 물리적 존재이기만 하면 안 된다고 믿는 사람이 되었다. 나는 분열된 두 세계의 시민이 되었다고 느꼈다. (전입신고를 할 때는 중복신고가 아닌지 검토를 해주셔야죠.) 하지만 두 세계의 시민이 되었기에 나는 조금 더 깊이 인간에 대해 배우고 있다고 느꼈다. 이 분열 자체가 인간이라고 느꼈다.

여전히 두 세계 사이에서 헤맨다. 사안에 따라 한쪽에 끌리기도, 다른 쪽에 끌리기도 한다. 소설에 대한 책을 쓰고 있는 지금은, 이 말을 조금 더 간직하고 싶다. 언제 도로 물릴지는 모르겠지만 지금은 그렇다. 로맹 가리의 《새들은 페루에 가서 죽다》라는 소설에 등장하는 말이다. "한 가지 설명은 있어야 하고 언제나 있을 테지만 모른들 무슨 상관이랴. 과학은 우주를 설명하고, 심리학은 살아있는 존재를 설명한다. 하지만 스스로를 방어하고, 되어가는 대로 몸을 맡기지 않고, 마지막 남은 환상의 조각들을 빼앗기지 않는 법을 배워야 한다."

그리고 리커버판이 나오는 2024년 지금, 나는 철학과 대학원 2년 차 석사 과정생이다. 말하자면 마지막 환상의 조각들을 철학적으로 논증하는 일에 몰두하고 있다. 이 조각들도 날카롭게 벼리면 만만치 않은 존재가 된다.

네 번째 노트

상상

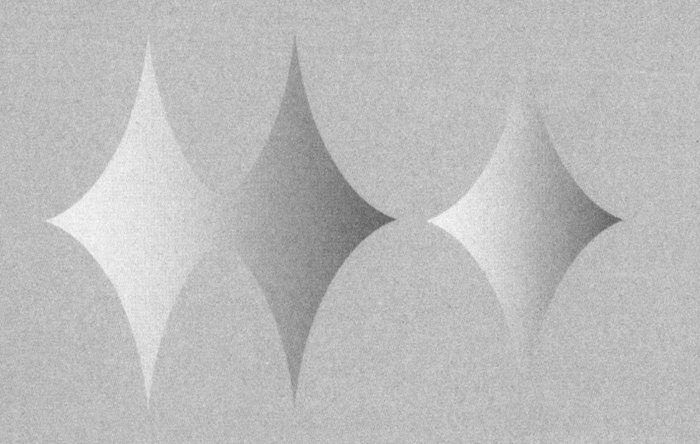

© 김겨

신을 믿음으로써 완전한 구원의 경지에 이를 수 있다면, 그 사실이 모두에게 알려져 있고 실제로 눈으로 목격할 수 있다면, 천국도 지옥도 모두 살아서 볼 수 있다면, 사람들은 이 모든 사랑을 신에게로 바칠까. 그래서 영원하고 무결한 구원의 세계로 오르기를 바랄까. 오랜 시간 동안 자신을 괴롭히는 아주 끔찍한 고통 속에서 신을 찾게 될까.

한계의 상상,
《당신 인생의 이야기》

그러니까 문제는 이것이다. 우리는 도저히 벗어날 수가 없는 것이다. 삶으로부터, 고독으로부터, 시간으로부터, 결코 도망칠 수가 없는 것이다. 죽지 않고 도망치려면 어떻게 해야 하지? 우리에게는 한 가지 방법밖에는 없다. 그 너머를 상상하는 것이다.

소설은 현실을 충분히 반영하기도 하지만, 현실에서 이룰 수 없는 소망을 이뤄주기도 한다. 소설은 내가 잠시나마 내 몸 밖으로 나가 타인의 삶을 살아보고, 우주를 유영하고, 과거로 돌아가고, 먼저 죽어보는 일을 가능하게 해준다. 소설만이 지니는 이 권능 속에서 나는 삶으로부터 안전하게 도망친다. 멀리 도망칠수록 좋다. 그래야 돌아오는 데도 오랜 시간이 걸리니까. 가장 일어나지 않을 법한 일을 찾아 멀리, 더 멀리 나아간다.

그런데 얄궂게도 그렇게 가장 멀리 도망친 곳이 가장 떠나온 곳을 생각나게 하곤 한다. 멀리 간다는 건, 출발점이 있다는 뜻이니까.

그렇게 도망과 복귀를 반복한다. 도망에도 여러 종류가 있다. 현실에서 탈출하는 이야기는 여러 가지가 있겠지만, 그 무엇보다 나를 매료시키는 것은 인간이 처한 조건으로부터 탈출하는 상상이다. 나와 전혀 다른 종족이 우주에서 전쟁을 벌이는 이야기보다는 인간이 지구에서 시간을 극복하는 이야기를 더 좋아한다. 인간이 어느 날 모조리 동물로 변신하는 이야기보다는 인간이 스스로 만든 감옥에 갇히는 이야기를 더 좋아한다. 너무 현실적이어서는 곤란하고, 다른 서사 — 이를테면 로맨스 — 의 도구가 되어서도 곤란하다. 현실에서 벌어질 수 없지만 상상하려면 못 할 것도 없는, 삶과 상상의 경계에 서 있는 이야기들이 좋다. 그런 이야기들은 헛된 희망을 걸 여지를 주지 않으면서도 나를 다른 세상으로 데려간다. 그러면 마침내 도망을 마치고 현실로 복귀할 때, 같은 현실을 다르게 바라보게 된다.

그런 면에서 현재 가장 매료된 작가가 누구냐고 묻는다면 주저 없이 답하건대 테드 창*Ted Chiang*(1967~)이다.

테드 창은 미국의 SF 작가로, 현재까지 우리나라에는 테드 창이 쓴 여덟 편의 단편을 모든 단편집 《당신 인생의 이야기》와 중편 《소프트웨어 객체의 생애 주기》가 나와 있고, 〈상인과 연금술사의 문〉, 〈숨결〉은 월간 〈판타스틱〉 지에 게재되었다. 무료로 읽을 수 있는 단편 〈The Great Silence〉가 인터넷에 배포되어 있으며, 2019년 5월에 미국에서 《Exhalation(숨결)》이라는 제목의 단편집이 출간될 예정이라고 한다.

도대체 그를 어떻게 이야기해야 할지 모르겠다. 지금의 나는 그의 소설을 펼치는 순간부터 완전한 황홀경에 빠진다. 혹시나 외워버릴까 무서워서 너무 많이 읽지도 못할 정도로 좋아한다. 원래도 빠른 독서 속도에 줄어드는 페이지가 아까워 읽었던 문장을 여러 번 읽어야만 페이지를 넘길 수 있을 정도로 좋아한다. 비단 SF 독자가 아니더라도, 소설과 사유를 사랑하는 사람이라면 그의 소설을 사랑하지 않기란 어렵지 않을까. 그의 소설들에 내가 어떤 독서 노트를 달아두었는지 본다면 이 마음을 조금이나마 이해할 수 있으리라 믿으며 조심스럽게 글을 시작해 본다.

테드 창은 브라운 대학에서 컴퓨터 과학과 물리학을

전공하고 1989년에 졸업한 후 마이크로소프트에서 테크니컬 라이터로 일했다. 어린 나이부터 소설을 썼다는 테드 창은 과학소설과 판타지소설 작가들을 위한 6주짜리 워크숍 클래스인 클라리온 워크숍에서 작법을 배우기도 했다. 휴고상과 네뷸러상을 여러 차례 수상한 옥타비아 버틀러나 조안나 러스도 거쳐 간 전통의 워크숍이다. 그렇게 과학소설을 쓰기 시작해 1991년 첫 작품인 〈바빌론의 탑〉으로 만 23세 때 최연소 네뷸러상을 수상했다. 이를 비롯하여 지금까지 네 개의 휴고상, 네 개의 네뷸러상, 네 개의 로커스상을 받았다.

테드 창을 처음 읽은 것은 영화 〈컨택트*Arrival*〉(2016)의 개봉 후였으니 많이 늦었다. 늦어서 다행이었던 점은 그만큼 읽을 소설이 많았다는 것이다. 워낙 과작의 작가라 작품 사이의 간격이 길다. 처음 데뷔한 1990년부터 이 책을 쓰고 있는 2018년까지 중단편 15편밖에 발표하지 않았으니 더 일찍 알았다면 정말 오랫동안 애간장이 탔을 뻔했다. 물론 테드 창과 동시대에 살며 그의 소설을 기다릴 수 있다는 것은 그것대로 행복한 일이라, 지금부터는 내내 기다림의 미덕을 실천할 수 있게 됐다.

테드 창은 소설을 쓸 때 우리가 사는 세상에서 두세 가지 정도의 특성만을 선택해 과감히 변형하여 제시한다. 이를테면 그는 인간 사회의 모습은 그대로 둔 채 '인간의 지능이 극한까지 발달한다면?'(《이해》)과 같은 과학적인 가정부터, '성명학이 실제로 세상을 움직이는 과학이라면?'(《일흔두 글자》), '성경에서 말하는 천국과 지옥이 가시적으로 존재한다면?'(《지옥은 신의 부재》)과 같은 비과학적인 가정까지, 다양한 가정을 더한다. 그럼으로써 현실과 환상이 결합한 새로운 세계가 탄생한다. 이 새로운 세계는 탄탄한 내적 논리를 갖추고 있어 낯선 세상의 이야기라도 정합적으로 느껴진다. 이 세계에서는 완전히 새로운 원리가 작동하고 있으므로 지금 우리가 사는 세계와는 전혀 다른 긴장이 탄생한다. 이를테면 명명학이 생물학의 기본 원리가 되는 세상에서는 이름을 두고 싸움이 벌어질 수 있다. 테드 창의 소설을 이끌어가는 동력은 대개 그러한 긴장이다.

그는 무엇을 쓰지 말아야 할지를 아는 소설가이기도 하다. 그가 건축한 새로운 세계에서 그는 그 세계의 모든 면을 다루려고 하지 않는다. 이야기에서 필요로 하는 내용에 집중하고, 나머지는 외면한다. 보여주고자 하는 갈등만을 최선을 다해 보여준다. 독자는 자연스럽게 소설에서 요구하는 주제의식을 함께 고민하게 된다. 이것은 그가 자신이 쓰고 있는 이야기를 정확히 파악하고 있기에 가능한 일이다.

나를 정말 매료시키는 지점은 그의 소설들이 서사 지향적이라기보다 의미 지향적이라는 데 있다. 그가 쓰는 소설들은 마치 인간에 대해 질문하기 위해 만들어지는 것처럼 보인다. 지극히 과학적이고 정교한 사고실험을 완성도 있게 구성하는 것이다. 독자들은 주인공에게 감정이입을 하고 그가 겪는 일들에 생사고락을 함께하는 게 아니라, 소설에 펼쳐진 세계를 해명하고 지금 사는 세계의 의미를 찾아야 할 과제를 부여받는다. 작가와 독자 모두가 관찰자처럼 세계를 바라보고 있다. 그래서 그의 소설은 과학적이면서 철학적이고, 감정적이면서도 관조적이다.

물론 테드 창만 이런 소설을 쓰는 것은 아니지만, 이상하게도 유난히 끌리게 되는 데는 여러 이유가 있을 테다. SF에 조예가 깊지 않아서일 수도 있고, 과학에 대해 무지해서일 수도 있고, 그저 테드 창이 만들어내는 정조가 좋아서일 수도 있다. 어떤 이유로든 그의 소설을 읽을 수 있다는 것은 큰 축복이다. 아주 차분하고 지적인 이야기들로 나를 가장 멀리, 가장 작은 곳으로, 가장 큰 곳으로, 가장 낯선 곳으로, 가장 막막한 곳으로, 가장 슬픈 곳으로, 가장 냉정한 곳으로, 가장 평온한 곳으로, 그렇게 현실로, 데려다주오.

© 김겨울

운명에 대해 상상하기

《당신 인생의 이야기》에 수록된 첫 번째 이야기인 〈바빌론의 탑〉은 테드 창이 처음 지면에 발표한 작품이자, 첫 네뷸러상 겸 역대 최연소 네뷸러상을 안겨준 작품이다. 제목대로 바벨탑 건설 이야기를 다루고 있다. 우리가 흔히 성경에 등장하는 이야기로 알고 있는 '바벨탑을 쌓다가 신의 노여움을 산 이야기'를 최대한 구체적으로 상상했고, 거기에 실제로 바벨탑이 하늘의 끝에 닿는 상상을 더했다.

하늘로 무한히 오르는 탑을 쌓는다고 생각해 보자. 그렇게 높은 탑을 쌓으려면 설계도 잘해야 하고, 식량과 자재 같은 물자도 오르내려야 했을 것이고, 어느 층부터는 아예 식량을 기르기도 했을 것이고, 사람들 사이에 탑에 대해 좋고 나쁜 소문이 돌았을 것이고, 공사

중에 떨어져서 죽는 사람도 있었을 것이다. 올라가기 싫어하는 사람도, 올라가고 싶어 하는 사람도 있었을 테다. 편안하게 올라가려면 계단과 같은 시설도 있어야 할 테고, 아예 탑에서 생활하며 물건을 옮기는 팀도 상주해야 했을 것이다. (이렇게 생각하고 나니 신이 이걸 무너뜨릴 때 얼마나 억장이 무너졌을지 대충 상상이 간다.)

테드 창은 상상을 가장 세밀한 곳까지 발전시켜 하나의 구체적인 세계를 만드는 소설의 미덕을 아낌없이 실천한다. 탑은 구운 벽돌로 만들어져 있고, 벽돌 사이사이에는 역청이 발라져 있다. 탑의 밑면은 정사각형으로, 한 변이 60큐빗[◘]이다. 위로 올라갈수록 햇빛이 강해지므로 탑을 둘러싼 경사로에는 기둥으로 된 햇빛 가리개가 있고, 동물을 올려보내기 위해 동물의 눈에 눈가리개를 씌운다. 꼭대기까지는 한참 올라가야 하므로 위쪽에는 텃밭이 가꾸어져 있다. 이것은 그야말로 하나의 완전한 생활공간이다.

이 소설의 핵심이자 테드 창의 큰 장점은 기발한 발

◘ 1큐빗은 시대와 지역에 따라 조금씩 달라지지만 약 45.8cm에 해당한다.

상이 단순히 아이디어에서 끝나지 않고 완결성 있는 주제의식으로 수렴된다는 점이다. 테드 창은 "소설의 전체 내용을 머릿속으로 완결지은 후에야 소설을 쓰기 시작한다."고 말한 적이 있는데, 그 말인즉슨 작가가 자신의 이야기를 주제로나 의도로나 완전히 장악하고 있다는 뜻이다. 그런 면에서 짐작해 보건대, 〈바빌론의 탑〉은 아마도 결말을 쓰기 위해 쓰기 시작한 소설이다. 고백하자면 첫 페이지를 읽는 순간부터 이 소설의 결말을 예감했다. 정확히는 '그렇게' 끝나주기를 바랐다.

사실 그는 처음부터 소설의 결말을 암시한다. 광부인 힐라룸과 난니가 탑에 도착했을 때 문지기는 이렇게 말한다. "하늘의 천장을 파고 들어갈 광부들인가?" 여기서 우리는 이 소설이 엄밀한 의미의 '과학' 소설도, 또한 성경과 똑같은 이야기도 아님을 직감할 수 있다. 하늘에 천장이 존재하고 광부들이 이 천장을 파고 올라가고 있다. 심지어 탑은 천장까지 가는 과정에서 운동하는 별과 부딪히기까지 한다. 그렇다면 이 천장을 다 파서 구멍을 내면 무엇이 나올까. 천국? 다른 세계? 우주? 신? 이 이야기가 가장 근사한 결말로 마무리되려면, 천장을 다 팠을 때 땅이 나와야 한다. 이 광부들이 발 딛고 살고 있는, 한참 전에 떠나온 바로 그 땅 말이다.

SF 영화나 만화에서는 4차원 이상의 공간에서 사람이 움직일 때, 한쪽 끝으로 무한히 갔는데 원래 자리로 돌아오는 에피소드가 종종 등장한다. 4차원 큐브를 다룬 영화 〈큐브2〉에서는 주인공이 일렬로 늘어선 큐브를 따라 살인자로부터 도망치는 장면이 등장하는데, 주인공이 다음 큐브에서도, 그다음 큐브에서도 발견하는 것은 자신을 쫓아오는 살인자의 뒷모습이다. 3차원 세계에 사는 인간은 이해하기 어려운 일이지만 우주는 복잡한 곳이니 우주에 '방향'이란 애초부터 없는 것인지도 모른다.

방향 없는 세계. 앞과 뒤도 없고, 양옆도 없는 세계. 어디로 향해야 할지 알 수 없는 세계. 점처럼 그 자리에 꼼짝하지 않을 수도 없고, 우주처럼 무한히 확장해 볼 수도 없는 인간을 영원히 방황케 하는 세계. 그런 세계에서 인간은 무한히 자유로울 수도 있고 무한히 압도될 수도 있다. (방향 없는 세계에서 방향을 찾아야만 하는 인간의 모습은 테드 창의 다른 소설인 〈네 인생의 이야기〉에서도 변주된다.)

〈바빌론의 탑〉에 등장하는 인간의 모습은 인간 자체

에 대한 논평처럼 보이기도 한다. 이 탑은 전체가 여정이다. 탑에 사는 사람들은 영원한 거주자가 아니다. 땅에서 하늘 끝까지 오르는 긴 과정이 끝나면, 그래서 신과 만나고 나면, 그들은 하늘을 정복한 새로운 세계에서(비유적으로) 새로운 인간이 된다. 실제로 탑에서 내려와 새로운 거주지를 찾을 수도 있다. 그러나 정복했다고 생각한 하늘의 끝이 실은 땅이었다는 것이 밝혀질 때, 탑의 거주자들은 영원히 끝나지 않는 과정에 갇힌 인간이 된다. 그들에게 새로운 세계란 없고, 이 세계를 굽어보는 천장 위의 신도 없다. 이것은 말 그대로 인간이다. 인간에게 완벽히 새로운 세계란 없으며, 세계는 인간들끼리 알아낸 지식으로 변화할 뿐이고, 인간은 신과 직접 만나지도 못하며, 영원히 과정으로만 존재한다. 니체의 말마따나 '인간이 짐승과 초인 사이의 밧줄'이라면 〈바빌론의 탑〉의 세계에는 짐승도 초인도 없고 밧줄만 있다. 대지를 떠나 하늘 아래 공중에 사는 이들.

이들이 힘을 합쳐 탑을 쌓는 이유는 명백하다. 그들은 호기심을 해결하고 싶어 한다. 야훼의 모든 피조물을 보고, 야훼가 사는 곳을 구경하고 싶어 한다. 그리고 야훼가 주는 대답은 소설의 마지막 부분에 명확히 드러난다.

> 이제는 왜 야훼가 탑을 무너뜨리지 않고, 정해진 경계 너머로 손을 뻗치는 인간들에게 벌을 내리지 않았는지를 뚜렷이 알 수 있었다. 왜냐하면 인간은 아무리 오랫동안 여행을 해도 결국은 출발점으로 되돌아오게 되어 있기 때문이다. 몇십 세기에 걸친 인간의 노력도 천지 창조에 관해 그들이 이미 알고 있는 지식 이상의 것을 밝혀주지는 않았다. 그러나 인간은 그런 노력을 통해 상상을 초월한 야훼의 예술성을 흘끗 보고, 이 세계가 얼마나 정교하게 만들어졌는지를 깨달을 수가 있다. 이 세계를 통해 야훼의 창조는 밝혀지고, 그와 동시에 숨겨지는 것이다.
>
> 이렇게 해서 인간은 우주에서의 자기 위치를 깨달을 수 있는 것이다.
>
> **— 테드 창, 《당신 인생의 이야기》 중 〈바빌론의 탑〉, 김상훈 옮김, 엘리, 51p**

성경에서 신이 바벨탑을 무너뜨린 이유는 오만*hubris* 때문이었다. 루시퍼가 신을 배신한 이유도 오만 때문이었다. 성경에 등장하는 신은 본인이 직접, 혹은 천사의 손을 빌려 해결하지만, 테드 창의 세계에서 신은 드러나지 않음으로써 벌한다. 인간의 오만은 탑 대신 무너진다. 오만의 자리에 들어서는 것은 인간의 위치에 대한 철저한 깨달음이며, 운명에 대한 잔인한 가르침이다. 이렇게 해서 인간은 우주에서의 자기 위치를 깨달을 수 있는 것이다.

오만으로 무너지는 것은 그들만이 아니다. 테드 창이 발표한 두 번째 소설 〈이해〉는 인간의 한계를 초월한 인간의 이야기다. 앞선 소설과는 완전히 다른 시대의 이야기로, 뇌 손상에 탁월한 효능을 발휘하는 치료법이 발명된 근미래의 이야기다. 사고로 뇌가 상당 부분 손상되었던 주인공은 호르몬 K를 맞고 극적으로 회복한다. 그런데 뇌가 많이 손상되었던 사람일수록 이 치료를 통해 지능이 더 많이 상승한다는 사실이 밝혀지고, 사고 전보다 훨씬 좋아진 주인공의 지능은 연구 목적으로 맞은 추가적인 호르몬 K를 통해 더욱 급격하게 상승한다.

독서 속도와 이해력이 향상되고 멀티태스킹이 원활해지는 경험을 넘어 세상의 잠재적인 패턴을 파악하고, 매우 어려운 서너 가지 일을 동시에 처리하고, 새로운 언어를 만들고, 눈으로 보는 것만으로 근육의 쓰임새를 몸으로 복제하고, 프로그램 해킹과 주식투자를 능수능란하게 하고, 몸의 상태를 의식적으로 통제해 심지어 다른 사람의 정신까지 조종하는 주인공은 마치 무협지에서나 나올 법한 모습을 하고 있다. 이제 인간을 초월한 능력을 갖추게 된 주인공은 돈과 권력을 넘어 완전한 미와 궁극의 패턴을 향해 거침없이 나아간다. 그가 원하는 것은 더 높은 지능과 더 위대한 아름다움이다. 그는 그것을 실현하기 위해서 세상을 조종할 준비가 되어 있다.

주인공은 자신의 야심을 위해 능력을 극한까지 밀어붙이다가 자신과 유사한 지능을 가진 다른 인간이 있다는 것을 알게 된다. 보통 인간은 이해하기 어려운 고차원의 수준에서 — 주인공이 투자한 주식 중 다섯 개의 주식을 하락시켜서 — 자신의 존재를 알린 그는 주인공과는 상반된 목표를 지닌 인간이다. 그는 인류를 사랑하기 때문에, 지구의 모든 인간을 무의식적으로 자극하여 인간을 번영시킬 계획을 꾀하고 있다. 둘은 서로를 제거하려 한다. 마침내 마주한 두 사람은 역시 보통 인간이 이해하기 어려운 고차원의 수준에서 결투를 벌이고, 한 명이 패배한다.

나는 테드 창이 히어로 소설을 쓰기 위해 이 플롯을 구상한 게 아니라 인간을 대상으로 실험을 해본 것이라는, 매우 악마적인 (하지만 매우 타당하다고 믿는) 견해를 가지고 있다. 얼핏 보면 슈퍼히어로 영화의 모습을 하고 있지만 실은 우리가 사는 세계에서 몇 사람의 지능이 갑자기 급격하게 발달했을 때 어떤 일이 벌어지는지를 시험해 보는 소설처럼 보인다는 말이다. 한 인간에게 초월적인 정도의 지능을 주고, 그의 성격을 설정한 뒤, 세상에 풀어놓는다. 그는 폭주한다. 우리는 숨 가쁘게 그를 따라간다. 그는 결국 어떻게 되는가.

그 역시 오만으로 무너진다. 소설에서 이기는 사람은 탐미주의에 빠진 주인공이 아닌 실용적 박애주의자다. 주인공은 상대방을 이길 수 있을 것으로 생각하지만, 잠시의 방심으로 그의 정신은 붕괴한다. 그는 오로지 그 자신에게 매몰되어 있었기 때문에 상대방의 수를 알아차리지 못했다. 그의 목표는 그 자체로 오만이었다. 상대가 이긴 것은 지능이 더 뛰어나서가 아니라 주인공을 간파하고 있었기 때문이다. 잠깐, 그러고 보니, 실용적 박애주의자? 전 인류를 사랑하여 번영시키고자 하는 사람? 왠지 아까 탑 근처에는 코빼기도 보이지 않던 신이 생각난다.

오만한 인간은 운명 앞에 무릎 꿇리리. 세상 앞에 겸손해지기를 요구하는 테드 창의 이야기들은 고대 그리스의 서사시나 비극을 생각나게 한다. 호메로스의 《일리아스》에서 다사다난한 삶을 건너오며 철이 든 아킬레우스는 자신의 운명을 받아들이며 이렇게 이야기한다.

> 그렇게 신들은 비참한 인간들의 운명을 정해놓으셨소. 괴로워하며 살아가도록 말이오. 허나 그분들 자신은 슬픔을 모르지요. 제우스의 궁전 마룻바닥에는 두 개의 항아리가 놓여 있는데 하나는 나쁜 선물이, 다른 하나는 좋은 선물이 가득 들어있지요. 천둥을 좋아하시는 제우스께서 이 두 가지를 섞어서 주시는 사람은 때로는 궂은 일을 만나기도 하고 때로는 좋은 일을 만나기도 하지요. (…)
>
> 게다가 신들은 필멸의 인간에 불과한 그분께 여신을 아내로 주셨지요. 하지만 그분께도 신은 나쁜 것을 주셨지요. 그분의 궁전에는 왕위를 이을 후손들이 태어나지 않았고 그분의 외아들인 나는 요절할 운명을 타고났으니 말이오. 그리고 늙어가시는 그분을 나는 돌보아드리지도 못해요.
>
> — 호메로스, 《일리아스》, 천병희 옮김, 숲, 제24권 525~541행

아킬레우스는 이제 요절, 즉 이른 죽음을 받아들일 준비가 되어 있다. 이미 수많은 일을 겪었기 때문이다. 언제 죽는 것이 '이른' 죽음이겠는가. 언제 죽더라도 우리는 그것을 함부로 '늦은 죽음'이라고 말하지 않는다. 아킬레우스는 그저 다가오는 죽음을 받아들였다. 그것이 그의 운명이고, 그 어떤 능력으로도 극복할 수 없는 필연이다. 콧대 높고 이기적이던 아킬레우스는 이제 오만을 접고, 죽음을 인정하고, 친구를 죽인 원수 헥토르의 시신을 돌려주고, 그의 아버지인 프리아모스에게 음식을 대접한다.

그리스의 불멸하는 신들은 인간의 운명을 정해두었다. 그들은 나쁜 선물과 좋은 선물을 마음대로 집어서 전해주고, 어떤 이들에게는 나쁜 선물만 잔뜩 안겨준다. 비율은 손에 집히기 나름이다. 그것은 모두 신의 마음이니 어쩔 수 없다. 필멸하는 인간은 살아있는 동안 할 수 있는 일을 하며 겸손하게 받아들이는 수밖에.

〈바빌론의 탑〉에서 탑을 쌓던 사람들 역시 그 결과를 받아들일 수밖에 없다. 그들은 이제 그 무엇으로도 신의 뜻을 넘어설 수 없다는 깨달음을 얻었다. 역설적으로 그들은 이 깨달음을 통해 새로운 인간이 되었다고 말

© 김겨울

할 수도 있다. 우주에서의 자기 위치를 알게 된 이 새로운 인간들은, 이제 탑 쌓기를 멈추고 무엇을 할까. 이 순환하는 세계에서, 이 방향 없는 우주에서.

시간에 대해 상상하기

〈네 인생의 이야기〉(1998)는 테드 창에게 네뷸라상을 안겨준 소설이자, 테드 창이 〈이해〉를 발표한 후 7년 만에 들고나온 소설이다. 2016년 〈컨택트〉라는 제목으로 영화화되었다. 폴 링크의 연극 〈Time Flies When You're Alive〉를 보면서, 피할 수 없는 미래를 다룰 때 자신이 알고 있는 물리학적 지식을 이용할 수 있겠다는 생각을 했다고 한다. 테드 창의 소설 중 가장 강렬한 감정이 느껴지는 소설이기도 하다.

소설의 줄거리는 두 갈래로 진행된다. 주인공인 언어학자 루이즈 뱅크스가 딸에게 보내는 편지와, 루이즈 뱅크스가 지구에 온 외계 생물체를 조우하는 에피소드다. 둘은 번갈아 가며 루이즈 뱅크스에게 어떤 일이 일어났고, 일어나고 있으며, 일어날 것인지를 전달한다.

소설이 진행될수록 이 세 가지의 시제는 점점 모호해진다. 완전히 다른 시점의 두 이야기는 점점 동시에 일어나는 일처럼 묘사된다.

딸을 향한 루이즈의 첫 이야기는 동화를 들려주는 보호자의 목소리 같다. "네 아버지가 나에게 어떤 질문을 하려 하고 있어."로 시작하는 그의 목소리는 다정하고 슬프다. 이미 죽은 딸에게 하는 말이기 때문이다. 루이즈 뱅크스의 딸은 25세에 국립공원의 암벽을 오르다 떨어져 사망한다. 그러나 한편으로 딸은 아직 태어나지도 않았다. 외계 생물체가 처음 지구에 등장했을 때만 하더라도 루이즈 뱅크스는 아직 딸의 아버지가 될 사람조차 만나지 못했기 때문이다.

어느 날 갑자기 지구상에 특이한 기계장치가 112개나 등장한다. 반원의 거울 모양으로 생긴 이 장치(체경體鏡)는 정기적으로 유리처럼 활성화되어 그 너머로 외계 생물체를 보여준다. 미국 정부는 미국에 등장한 아홉 개의 체경을 조사하기 위해 학자들을 섭외했다. 그중 한 명이 언어학자인 루이즈 뱅크스다. 루이즈 뱅크스는 물리학자인 게리 도널리 박사와 함께 외계 생물체에 대한 연구를 시작한다. 그들은 이 생물체들을 헵타포드

heptapod(일곱 개의 다리가 달린 생물체라는 뜻)라고 이름 짓고, 뜬금없이 지구에 나타난 이유를 조사하기 위해 애쓴다.

루이즈 뱅크스는 헵타포드의 언어가 매우 특이하다는 점을 발견한다. 헵타포드의 음성언어와 문자언어는 완전히 다른 구조로 되어 있고, 특히 문자언어의 경우 음성과 상관없이 한 번에 의미 전체를 전달하는 비선형적인 형태를 띠고 있다. 빨간 동그라미에 대각선이 하나 그려진 문양을 우리가 '이곳에 들어가지 마시오.'라고 읽는 것처럼, 헵타포드들의 문자언어는 음성을 표현하는 것이 아닌 의미를 표현하는 문자다. 더 특이한 점은 이 문자언어에 지연遲延이 없다는 것이다. 헵타포드들은 처음 문자언어를 그리는 순간부터 말하고 싶은 전체 내용을 한꺼번에 그리고, 읽는 헵타포드 역시 문장 전체를 한꺼번에 읽는다. 그리기 시작하기도 전에 끝을 알고 있는 것이다.

루이즈와 게리는 헵타포드를 연구할수록 이들이 인간과는 완전히 다른 세계관을 가지고 있음을 알게 된다. 인간은 세계를 인과론적으로 본다. A라는 사건이 B라는 사건의 원인이 되고, 다시 B라는 사건이 C라는 사건의 원인이 된다. 인과론은 세계가 시간 순서대로 흘러간다는 전제가 있어야 성립한다. 헵타포드들은 완전히 반대로 세계를 보고 있다. 그들은 이 세계 전체가 정해진 순서를 밟고 있는 것으로 본다. 일어난 일과 일어날 일은 정해져 있고, 그들은 순서대로 할 일을 한다. 목적론적인 세계관이다.

물리학에서도 동일한 관점의 차이가 드러난다. 헵타포드들에게 속도나 질량 같은 인간의 기본적인 물리법칙은 한참을 연구해야 마주하게 되는 개념들이다. 오히려 그들에게 가장 기본적인 물리 법칙은 변분법으로 서술된다. 윌리엄 해밀턴이라는 19세기 수학자가 제시한 이 원리는 작용량을 기준으로 모든 물리법칙을 서술한다. 어떤 값을 최대 또는 최소화하는 함수의 모양을 다루는 방식이(라고 한)다. (나의 수학 실력으로는 여기까지가 한계다.) 헵타포드들이 제일 처음으로 반응을 보인 물리학 법칙이 바로 변분법을 사용하는 과학 원리인 페르마의 원리였고, 페르마의 원리는 지극히 목적론적으로 해석된다.

소설에는 마치 과학 교과서에서나 등장할 법한 일러스트가 그려져 있다. 빛이 공기에서 물속으로 들어갈 때의 경로다. 공기와 물속의 굴절률은 다르므로 빛은 수면에서 방향을 꺾는다. 물을 담은 유리컵에 젓가락을 꽂아본 경험이 있다면 누구나 알 수 있는 사실이다. 그런데 이 빛이 지나는 경로는 시작점으로부터 도착점에 가장 일찍 도착하는 경로라는 것이 핵심이다. 어떤 다른 경로를 택하더라도 실제로 빛이 택하는 경로보다 늦게 도착한다. 빛은 시간을 최소로 만드는 경로를 택하는 것이다. 마치 출발하기도 전에 목적지가 어디인지 아는 것처럼.

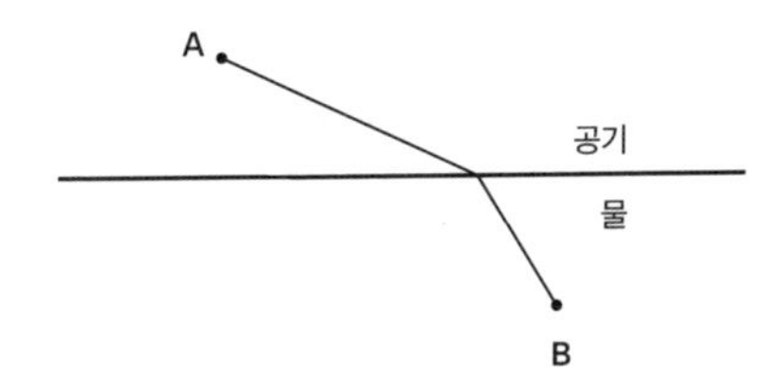

헵타포드들은 시작하기도 전에 끝을 알고, 그들의 세계는 비선형적이며, 그 속에서는 전제와 결론이 자리를 바꾼다. 원인과 결과와 맥락은 의미를 잃고 모든 요소는 정해진 대로 작용한다. 상상만으로도 짜릿하고 무력해지는 세계. 자유의지는 그 이름마저 무색해지는 세계. 너무나 명확하고 견고해서 인간의 눈에는 보이지 도 않는 질서.

루이즈 뱅크스가 헵타포드의 사고방식을 배우기 시작하면서 그의 세계는 변한다. 이제 그의 세계는 인과론적이기도 하고 목적론적이기도 하다. 그는 순간순간 떠오르는 딸의 기억과 헵타포드를 연구하는 현재 속에서 정해진 미래를 착실히 밟아나간다. 소설은 그렇게 과거와 미래를 점점 빠르게 오간다. 그는 웨버 대령이 자신과 어떤 대화를 할지 다 알고 있지만, 그것은 실제로 실행되기 전까지는 의미가 없기에 정해진 대화를 나눈다. 이제 그에게 삶이란 낭송의, 혹은 연극의 연속이다.

연극을 반복하는 삶에 무슨 의미가 있을까. 루이즈에게는 딸이 있다. 딸에 대한 루이즈의 기억은 산발적이다. 다섯 살 때, 열여섯 살 때, 열여덟 살 때, 여섯 살 때, 대학을 졸업하고 직장을 다닐 때, 다시 열세 살 때, 막 걷기 시작할 때, 열다섯 살 때, 열네 살 때, 세 살, 스물다섯 살, 세 살, 한 달 무렵. 너무나 간절히 사랑하는 사람을 기억하는 방식이란 이런 것일까. 문을 벌컥 열고 들이닥치면 속수무책으로 그 시간을 살아야만 하는.

앞과 뒤도 없고, 무엇 하나 더 중요하거나 덜 중요하지도 않은 기억들. 루이즈는 딸을 너무나 사랑하기 때문에 그 흩어지는 기억 속으로 걸어 들어간다.

인간이 시간여행을 할 수 있을지 묻는 말에 현대 물리학은 이렇게 답한다. 우주 전체의 모든 사건은 각자의 시공간 안에서 벌어지고, 우리가 빛의 속도로 아주 멀리 떨어진 별을 관찰할 수 있다면 우리는 그 별의 과거를 볼 수 있다. 따라서 우리는 시간 여행을 할 수는 있지만, 엄밀히 말하면 지구의 과거가 아닌 다른 먼 공간의 과거로 가는 의미에서만 가능하다. 단적으로 말해 지구에서의 시간여행이란 불가능하다. 동시성이란 환상 같은 것이고, 우리는 결코 저 멀리서 '동시에' 벌어진 일을 확인할 수 없다. 우리는 영원히 미래를 아는 루이즈가 될 수 없다. 그래서 우리는 인간에게는 불가능한 영원의 경험을 사랑으로 도달해 보려고 하는 것인지도 모른다.

이 소설이 정점에 다다르는 때는 두 이야기가 한순간 만나는 지점이다. 게리가 루이즈에게 '논제로섬 게임'이라는 말을 하고, 곧바로 루이즈가 딸에게 '논제로섬 게임'을 알려주는 순간. 완전히 다른 두 시간이 동시에 일어나는 순간. 겉으로 보기에는 대단한 갈등도, 엄청난 클라이맥스도, 감동적인 결말도 없어 보이는 이 이야기가 그 순간부터 감정을 쥐고 세차게 흔들기 시작한다. 나는 몇 번이고 운다. 루이즈가 딸을 추억하거나 내다볼 때, 시체안치소의 시트를 걷어낼 때, 열네 살이 된 딸의 머리카락에서 사과 향기를 맡을 때, 딸을 갖기 위해 게리와 집 안으로 들어갈 때, 나는 몇 번이고 운다.

미래를 알게 된다면 그대로 따르게 될까. 바꾸고 싶지 않을까. 루이즈 뱅크스는《세월의 책》이라는 비유를 든다. 과거와 미래에 걸친 모든 사건을 연대기 순으로 기록한《세월의 책》이 있다고 했을 때, 그것을 읽는 사람은 그 순간부터《세월의 책》에 써진 것과 다르게 행동할 수 있다. 인간에게는 자유의지가 있기 때문이다. 자유의지가 있다는 것은《세월의 책》이 존재할 수 없음을 의미한다. ('운명이 있다면 자유란 없다.' 이미 '운명' 챕터에서 이야기한 바 있다.) 이 모순 속에서 루이즈 뱅크스는 묻는다. 만약 미래를 안다는 경험 자체가 사람을 바꿔놓는다면? 반드시 그 미래를 따라야 한다는 절박감을 불러일으킨다면?

나는 루이즈가 단순히 미래를 '알게 되었다'고 생각

하지 않는다. 루이즈는 그 이상의 일을 겪었다. 루이즈는 미래를 '기억하게 됐다'. 아는 것과 기억하는 것은 완전히 다른 일이다. 기억은 이미 경험한 일에 대해서만 벌어지며, 자아를 구성하는 중요한 요소가 된다. 그러므로 미래를 기억하는 사람에게 선택지란 애초에 존재하지 않을지도 모른다. 테드 창은 이 소설이 자유의지에 대한 소설이라고 이야기했지만, 나는 미래를 기억하는 사람에게 자유의지란 존재할 수 있는지 묻는다. 그리고 루이즈 뱅크스에게서 기억을 바꾸고 싶지 않아 하는 사람들의 모습을 본다. 아무리 절망적인 기억이라도 그것이 현재의 나를 구성하기에 결코 하나도 지우거나 바꿀 수 없다고 말하는 나의 모습을 본다. 내가 나의 기억을 지우고 싶지 않은 것처럼 루이즈 뱅크스는 미래를 바꾸고 싶지 않을 것이다. 그에게는 미래의 기억 역시 자신을 구성하는 일부이기에. 딸은 이미 그의 일부이기 때문에.

기억은 우리를 정의한다. 우리는 기억의 총체다. 기억이란 단순한 사실의 나열일 수 없다. 기억은 매 순간 새롭게 선택된다. 따라서 우리는 선택한 기억의 총체다. 이 선택은 무의식적으로 이뤄진다. 그러므로 우리는 무의식적으로 선택한 기억의 총체다. 타고난 기질과 매 순간 쌓은 경험이 만나 그 사람에게 남길 기억을 골라내고, 우리는 우리가 남긴 기억으로 자신을 정의한다. 보통 기억은 감정과 결합할수록 지속할 가능성이 높으므로 중립적인 기억보다는 즐거운 기억, 또는 불행한 기억이 오랫동안 저장된다. 자전거 타기, 피아노 치기, 타자 치기, 운전하기와 같은 절차적 기억은 감정과는 비교적 상관이 없지만 자연스러운 몸의 일부로 저장된다.

넷플릭스 드라마 〈블랙 미러〉에는 기억을 비디오로 저장하는 장치나 다른 사람의 기억을 재생하는 장치가 자주 등장한다. 극 중에 등장하는 인물들은 매우 자연스럽게 자신의 기억을 텔레비전에 영사하거나, 교통사고의 목격담 대신 기억을 재생하도록 관자놀이를 내어준다. 그들은 시각 기억을 영상으로 저장하고 재생하는 것이 조금 더 유토피아적인 세계를 만든다는 데 잠재적인 합의를 한 것으로 보인다. (물론 그 합의가 착각이라는 점은 〈블랙 미러〉의 여러 에피소드에서 명확하게 드러난다.)

드라마에서 기억을 화면에 틀 때 시청자는 선뜩한 기분을 느낀다. 타인의, 편집되지 않은, 일인칭의 기억이므로, 봐서는 안 될 타인의 사생활을 보는 것 같은 아슬아슬한 느낌이 침습해 온다. 실제로 기억을 화면으로 재생할 수 있게 된다면 많은 사람이 이 느낌을 받지 않을까. 가장 개인적인 시선이 공개적으로 드러난다는 사실 자체로도 그러하며, 그 영상을 보고 있는 자신의 시선이 그 위로 겹쳐 보이리라는 점에서도 그렇다. 그 내용이 전혀 선정적이거나 충격적이지 않더라도, 그 사람을 구성하는 가장 내밀한 것을 훔쳐본다는 죄의식과 불편함이 엄습해 온다. 기억이야말로 결코 타인에게 양도될 수 없는 나의 구성 성분이기 때문이다. 그렇기에 그토록 많은 SF 작품에서 복제 인간에게 원본 인간의 기억을 심지 않던가.

루이즈가 헵타포드의 언어를 배우면서 얻게 된 딸에 대한 기억 역시 매우 강렬하고 내밀한 기억이다. 감정적으로 강렬하기 때문에 반드시 선택될 기억이고, 오랜 시간 함께 한 딸과의 습관도 절차적 기억으로 남을 것이다. 딸과의 기억이 루이즈에게 펼쳐진 순간부터 루이즈라는 사람은 딸을 가지지 않은 사람일 수가 없다. 이 소설에서는 딸이지만, 꼭 딸이 아니라도 좋다. 아주 강렬한 사랑의 기억이 있다면, 그래서 그 기억이 나의 일부가 되었음을 안다면 루이즈를 이해할 수 있을 테다. 그 기억을 대체 어떻게 포기할 수 있을까. 나의 전부를 바쳤던 기억을.

과거로 돌아가서 — 혹은 루이즈에게는, 미래로 돌아가서 — 어떤 절망적인 기억 하나를 바꿀 수 있다면, 그 기억이 바뀐 후의 나는 여전히 나인가? 만일 기억이 레고 조각 같은 것이어서, 조각을 하나씩 하나씩 새것으로 바꿀 수 있다면, 어디까지가 나이고 어디부터가 내가 아닌가? 테세우스의 배[◘]는 여전히 테세우스의 배인가, 아니면 이제는 다른 배인가? 딸을 낳지 않기로 하는 루이즈는 루이즈인가, 아니면 루이즈가 아닌가?

우리는 여기서 질문을 조금 더 확장해 볼 수도 있다. 매일 새로운 기억을 만드는 나는 여전히 나인가? 오늘의 나는 1년 전의 나와 동일한 인물인가? 우리는 매 순간 아주 작은 조각들을 교체하고 추가한다. 덜컥 덜어내기도 한다. 옛 기억을 되짚을 때 다시는 돌아가고 싶

◘ 그리스 신화에 등장하는 역설. 테세우스가 탄 배는 유지 보수되어 꽤 오랜 시간 동안 그 모습을 유지했다. 그런데 유지 보수 과정에서 배의 상한 널빤지를 떼어내고 새 널빤지를 붙이기를 반복하였다. 결국 모든 널빤지가 교체되었을 때, 이 배가 여전히 테세우스의 배인지를 묻는 역설이다.

© 김겨울

지 않다고 생각하는 지금의 이들은 그때와 같은 사람인가? 몸의 어떤 세포는 하루 만에, 어떤 세포는 몇 달 만에, 어떤 세포는 몇 년에 걸쳐 새로운 세포로 교체된다. 물론 그 세포들은 같은 염색체를 가지고 있으므로 세포가 교체된다고 다른 사람이 되거나 하지는 않지만, 그것들은 분명히 새로운 세포들이고, 게다가 오랜 시간에 걸쳐 장기들은 마모되거나 손상된다. 우리는 매 순간 변화하는 사이의 어딘가에, 명확히 정의하기 어려운 어떤 틈새마다 최선을 다해 존재하는 것은 아닌가. 그렇다면 그것은 참 고단한 일이지 않은가.

루이즈는 본인으로 살기를 선택했다. 기억을 실현하기로 했다. (혹은 실현할 수밖에 없도록 내던져졌다.) 이제 루이즈는 묻는다. 목적지를 알고, 경로도 선택했는데, 지금 얻으려고 하는 것은 환희의 극치일지, 고통의 극치일지. 그것은 최소일지, 최대일지. 루이즈의 변분법은 환희의 최대와 고통의 최대 사이에서 가파르게 움직인다. 다가올 비극을 알기 때문에 환희는 고통이 되고, 그럼에도 너무나 사랑하기 때문에 고통은 환희가 된다. 미래를 기억하는 사람의 슬픔 앞에서 시간이란 이제 무의미하다.

이 소설의 루이즈 뱅크스는 소설을 쓰는 테드 창 자신처럼 보이기도 한다. 머릿속에서 이야기가 끝나야만 소설을 쓰기 시작한다는 테드 창의 창작 과정은 다가올 끝을 모두 알면서도 모든 과정을 거쳐야만 하는 행위일 테다. 그의 머릿속에서는 어떤 이야기들이 어떤 형태로 날아다니고 기워지고 있을까. 이 소설을 '낭송'하는 동안 그는 무슨 생각을 했을까. 그가 얻고자 한 것은 환희의 극치일까, 고통의 극치일까. 묻고 싶지만, 그도 소설 밖에서는 인과론의 세계에 갇힌 인간일 뿐이다.

구원에 대해 상상하기

죽음이라는 한계로부터, 회한이라는 지옥으로부터, 고독이라는 절망으로부터 삶을 구출하기. 기독교에서는 구원을 이보다 훨씬 깔끔하게 정의할 수 있겠지만, 무신론자들도 여전히 구원을 필요로 한다. 그래서 신을 믿지 않는 인간들은 필사적으로 사랑한다. 그 대상은 때로 사람이고, 때로 예술이고, 때로 지식이고, 때로 물건이다. 그렇게 잠시나마 현재에 갇힌 상황을 잊고 영원을 바라본다. 사랑하는 대상 말고는 다른 무엇도 생각나지 않는 순간을 갈망하고 또 갈망한다.

신을 믿음으로써 완전한 구원의 경지에 이를 수 있다면, 그 사실이 모두에게 알려져 있고 실제로 눈으로 목격할 수 있다면, 천국도 지옥도 모두 살아서 볼 수 있다면, 사람들은 이 모든 사랑을 신에게로 바칠까. 그래서 영원하고 무결한 구원의 세계로 오르기를 바랄까. 오랜 시간 동안 자신을 괴롭히는 아주 끔찍한 고통 속에서 신을 찾게 될까.

〈지옥은 신의 부재〉는 이런 상상이 구현된 소설이다. 이 소설에서는 현실 세계에 천사들이 강림하고 지옥이 홀로그램처럼 현시된다. 영혼이 하늘로 올라가거나 땅 아래로 사라지는 것을 볼 수 있다. 예전에 죽었던 사람의 영혼이 산 사람에게 찾아오기도 한다. 신의 존재는 확실하고, 천사는 강림할 때마다 사람들에게 주를 경배하라는 메시지를 전달한다. 천사의 강림을 목격한 사람들은 기적을 경험한다. 어떤 이에게는 없었던 다리가 생기고, 어떤 이는 있었던 다리가 없어지고, 어떤 장님은 눈을 뜨고, 어떤 이는 얼굴에서 눈이 사라진다. 여기에 무신론자는 없다. 단지 신을 사랑하는 사람과 사랑하지 않는 사람, 이렇게 둘만이 있을 뿐이다.

소설의 주인공인 닐 휘스크는 후자로, 신에 전혀 관심이 없는 인물이었다. 태어났을 때부터 다리 한 쪽이 기형이었던 그에게 강림이란 텔레비전 뉴스에서나 나오는 일이었다. 살면서 모든 일을 신의 뜻으로 해석하는 일은 그의 몫이 아니었다. 그러던 어느 날 그는 너무나 사랑한 아내 사라를 천사 나다니엘의 강림으로 잃게 된다. 천사 주변을 감싼 불의 장막 때문에 사라가 앉아 있던 카페의 유리창이 산산조각이 났고, 사라는 열상과 과다 출혈로 사망한 것이다. 독실한 신자였던 사라는 천국으로 올라갔다. 이제 그는 신에 관심이 없는 인물이 아니라 신에게 분노하는 인물이 되었다. 이대로라면 지옥에 떨어질 게 확실했다. 어떻게든 사라를 다시 만나고 싶었던 닐에게 이제 절체절명의 과제가 주어졌다. 아내를 앗아간 신을 사랑하기.

여기서 이야기는 잠시 제니스 레일리에게로 옮겨간다. 임신 중 강림을 목격한 어머니의 뱃속에서 다리를 잃은 제니스는 오히려 다리의 부재를 신의 뜻으로 받아들인 사람이었다. 사람들에게 본보기를 보여주고 신을 사랑하게 만드는 것이 자신의 사명이었다. 책을 쓰고 강연을 다니며 희망을 전파하던 제니스는 어느 날 천사 라시엘의 강림을 목격했고, 다리가 생긴다. 그게 문제였다. 이제 사람들에게 무슨 이야기를 하고 다닐 것인가? 신의 사명을 실천하면 당신들도 다리가 생길 거라고? 그런 무책임한 말을 할 수는 없었다. 지금 장애로 힘들어하는 사람들을 비난하는 말이 될 수도 있었다. 제니스는 이 사태를 어떻게 받아들여야 할지 혼란스러워한다. 신이 대체 왜 필요도 없던 다리를 굳이 붙여주었단 말인가.

그런 제니스에게 찾아온 사람이 이선이다. 평생 자신에게도 신이 역사하리라 믿던 그에게는 여태 아무런 일도 일어나지 않았다. 그 역시 라시엘의 강림을 목격했으나 목격자들이 으레 경험하는 기적이나 불행 역시 일어나지 않았다. 그에게는 정말 아무 일도 일어나지 않았다. 그는 이 사건 — 목격했으나 아무 일도 일어나지 않은 사건 — 을 해석하는 것이 자신의 사명이라 여기고, 라시엘의 강림을 본 사람 중 강림의 의미를 해석하고 있지 못한 다른 사람을 찾는다. 제니스였다.

신을 증오하지만 신을 사랑해야만 하는 사람, 신을 사랑하지만 이해할 수 없는 처분을 받은 사람, 신을 사랑하지만 아무런 메시지도 받지 못한 사람이 만나는 곳은 성지다. 벼랑 끝에 몰린 많은 사람들이 천사의 강림을 기다리는 곳이었다. 오프로드 자동차를 탄 사람들이 험지를 헤매고 텐트를 친다. 이들이 도착한 후 마침내 천사 바라키엘이 강림하고, 닐은 천사를 향해 힘껏 트럭을 날린다.

이 이야기의 인물들은 모두 자신에게 벌어진 사건의 의미를 찾지 못해 괴로워한다. 모두 처지는 다르지만, 자신이 겪은 일들을 어떻게든 해석하고 거기서 의미를 도출해 어떻게든 신에게 가까이 다가서고자 한다. 그러나 마지막 순간 닐이 신을 온전히 사랑하게 됐을 때 깨달은 것은 거기에는 아무 의미도 없다는 사실이었다. "닐은 자신이 지옥으로 보내어진 것이 그가 한 어떤 행위의 결과가 아님을 알고 있었다. 그것에는 아무런 이유도 없었고, 고차원의 목적 따위도 존재하지 않는다는 사실을 그는 알고 있다."◘ 신이 내리는 일에 그 어떤 의미도 목적도 없다면, 신이 부재하여 그 어떤 의미도 목적도 없는 지옥과 다를 바가 무엇인가.

이 소설에서의 지옥은 사람들이 영원히 유황불에 타고 있는 곳이 아니다. 가끔 홀로그램처럼 비치는 지옥에서는 사람들이 현실 세계와 다를 바 없는 삶을 영원히 살고 있다. 다른 점이 하나 있다면 그곳에는 신이 존재하지 않는다는 것이다. 신이 외면한 곳, 신의 손길이

◘ 테드 창, 《당신 인생의 이야기》 중 〈지옥은 신의 부재〉, 김상훈 옮김, 엘리, 363p

닿지 않는 곳, 신에게 절대 다가갈 수 없는 곳이다. 지옥의 주민들은 신을 사랑하지 않았다는 후회를 벌로써 받지만 크게 괴로운 일은 아니다. 어차피 그곳에는 신이 없으므로.

결국 소설 속에서 현실 세계와 지옥을 가르는 일은 인간의 몫이다. 이 일은 신이 나에게 준 사명일 거야, 신이 나를 벌하시는 거야, 신이 나에게 축복을 내려주시는 거야, 같은 인간의 해석은 신이 어떤 의도를 가지고 일을 벌였으리라는 믿음에서 나온다. 소설 속의 지옥에서는 이런 시도 자체가 없을 것이다. 이미 신이 없는 곳이기 때문이다. 신을 사랑하는 사람들의 노력이 인간 세계를 지옥이 아닌 인간 세계로 만든다. 그런데 역설적으로 신에 대한 온전한 사랑은 그런 의미 따위는 없다는 것을 받아들이는 데서 증명된다. 온전한 사랑에 조건이란 없기 때문이다.

모든 일이 실은 우연이고, 거기에는 아무런 의미가 없다고 하더라도 여전히 신을 사랑할 수 있는가. 이것은 치명적인 물음이다. 신이 아무것도 예비하지 않았다면, 신에게는 어떤 의도도 없다면, 그렇다면 신이 모든 것을 정해두었으니 마음 놓고 그를 사랑하라는 말은 힘을 잃을 위기에 놓인다. 그러나 신이 만약 아무런 바람도 기대도 없이 인간을 사랑한다면, 인간 역시 신에게 아무런 바람도 기대도 없이 사랑을 주어야 마땅하지 않은가. 그 사랑이 자신의 삶을 허망하게 만든다고 할지라도.

우리가 사는 세계에서도 신의 손길을 느끼게 하는 것은 인간의 몫이다. 세상을 아름답게 만들고 기적적인 일을 벌이는 것, 사랑을 전하고 불의에 맞서는 것, 약자와 연대하고 세상을 바꾸는 것, 그래서 신이 존재한다고 느끼게 되는 것은 모두 인간이 하는 일이다.

무신론자가 느끼는 세상은 소설 속의 지옥과 별다를 게 없다. 만일 지옥이 정말 그런 곳이라면 다들 지옥에 가는 일을 별로 개의치 않을 것이다. 아내를 잃기 전의 닐처럼. 하지만 여전히 무신론자에게도 구원이 필요하다. 오랜 시간 동안 자신을 괴롭히는 끔찍한 고통 속에서조차 신을 찾지 않는 인간들도 구원을 필요로 한다. 죽음이라는 한계로부터, 회한이라는 지옥으로부터, 고독이라는 절망으로부터 삶을 구출하기를, 살고 있는 세계를 조금 더 낫게 만들기를, 그래서 아주 짧은 순간이라도 내 삶이 가치 있다고 느끼기를, 찰나 속에서 영원을 보기를 갈망한다.

그래서 우리는 의미 없는 세상에서도 사랑을 하고 허망한 삶 속에서도 친절을 베푼다. 앞서 구원이란 매일의 삶을 살아내는 데만 있는 것이 아니겠냐고 물었지만, 우리는 사랑 속에서, 예술 속에서, 친절 속에서, 희열 속에서 잠시의 구원을 얻으며, 그렇게 신 없이도 스스로를 구출한다. 그러니 우리는 우리 자신에게 구원을 허락하자. 신이 주는 것에 비해 조금 부족할지라도.

(진담)

언어라는 살갗

〈네 인생의 이야기〉를 쓰기 위해 테드 창은 5년 정도 언어학에 익숙해지는 시간을 가졌다고 한다. 소설 속에 나타나는 음성언어와 문자언어의 구분이라든지, 표음문자와 표의문자, 의미문자의 개념 등은 언어학에 대한 정확한 이해를 바탕으로 쓰인 내용이다. 앞서 살펴본 〈이해〉라는 소설에서도 극한의 지능을 얻은 주인공은 자신의 지능을 담을 수 있는 새로운 언어를 만들려 한다. 테드 창은 인간의 언어가 가지는 한계에 관심이 있는 듯하다. 이후에 쓴 〈일흔두 글자〉에서는 아예 이름 자체가 물체의 작동 원리에 영향을 주는 세계가 나오기까지 한다.

사피어-워프 가설의 강한 해석(언어가 사고방식을 규정한다는 해석)이 사실상 틀렸다는 걸 테드 창도 당연히 알고 있었을 것이다. 그러나 그가 창조하는 세계 속에서 언어는 강력한 힘을 가진다. 언어는 생명을 탄생시키기도 하고, 목각인형을 움직이게 하기도 하고, 한 사람의 세계관을 바꾸기도 한다. 왜 그는 언어에 그러한 권능을 주었을까. 그가 언어의 힘을 믿는 작가이기 때문일까.

언어가 인간의 세계관을 완전히 바꾸지는 않는다. 그러나 언어는 인간의 사고에 분명히 영향을 준다. 같은 질병이라도 '정신분열증'과 '조현병'은 완전히 다른 측면을 나타낸다. 조금 더 끔찍한 예시를 가져와 보자. 전투 중 민간인이 죽었을 때 '민간인 사망'이라는 말 대신 '부수적 피해 *collateral damage*'라는 표현을 쓴다면. '유대인 말살' 대신 '최종 해결 *The Final Solution*'이라는 명칭을 쓴다면. 이런 표현들은 매우 섬세하게 계획된 표현들이다. 단어로부터 그 어떤 피와 살도 느껴지지 않도록. 도대체 무슨 일을 저지르고 있는지 깨닫지 못하도록.

〈네 인생의 이야기〉에서는 수행문에 대한 설명이 나온다. 미래를 다 알고 있더라도 실제로 행동하기 전까지는 아무 의미가 없으므로, 루이즈도 헵타포드도 정해진 행동은 반드시 실행해야 하고 정해진 말은 반드시 발화해야만 한다. 그러므로 루이즈가 하는 모든 말은 수행문이다. 우리의 세계에도 수행문이 있다. 결혼식장에 곧 부부가 될 커플이 등장하고, 주례나 그 비슷한 역할을 맡은 사람이 말한다. "이제 두 사람은 부부가 되었음을 선언합니다." 식장에 있는 사람 중 이 말이 나오리라는 것을 모르는 사람은 없다. 그러나 이 말을 생략할 수는 없다. (조금 다른 방식일지라도, 어떤 식으로든 두 사람이 부부가 되었다고 이야기해야 한다.) 이 말을 하는 행위가 곧 두 사람이 부부임을 선포하는 행위이기 때문이다. 수행문은 곳곳에 있다. 사랑한다는 말도, 헤어지자는 말도, 발화가 곧 행동이 되는 행위다.

그런 문장만 행동이 되는 것은 아니다. 말하고 쓰는 모든 일이 행동이다. 인간의 언어는 단순한 포장지가 아니다. 언어는 살갗 같은 것이라, 껍데기처럼 보이나 떼어낼 수는 없다. 살갗이 두르고 있는 몸통이 분명히 거기에 있다. 그러므로 아주 섬세하게 말하고 쓰지 않으면 판단은 엇나가고 진실은 은폐될지도 모른다. 얼마나 많은 말들이 우리를 가로막고, 우리를 오해하게 만드는가. 혹은 얼마나 많은 말들이 의도적으로 진실을 감추는가.

언어가 모든 것을 표현하지는 못한다. 언어는 인간이 만들어낸 가상의 매체이며, 우리는 살면서 언어로 표현하기 힘든 순간들을 맞이한다. 언어는 인간의 문명을 발전시켰지만, 행동으로부터는 분리했다. 성경에서는 바벨탑이 무너진 이후 인간의 언어는 가리키는 사물의 본질과 멀어졌다고 전한다. 언어는 전지전능하지도 완벽하지도 않다. 그러나 아주 가끔, 내가 눈 감고 유영하는 세계를 나 혹은 다른 누군가가 언어로 포착해내는 데 성공했다고 느낄 때,

나는 살아있다고 느낀다.
언어 속에서 살고 있다고 느낀다.
언어로 숨 쉬고 있다고 느낀다.

풍화된 내가 파사삭하는 소리와 함께 글자로 무너져 내리는 상상을 한다. 그것이 내 삶의 빈약함이고, 절박함이고, 무의미함이다. 나는 가상의 매체다. 나는 가리킨다. 나는 실어 옮긴다. 그러나 한편으로 나는 수행하고, 드러낸다. 나는 언어라는, 허구적이면서도 실체를 가진 이상한 물건을 가지고 겨우 삶을 살아낸다. 언어란 삶의 경계에 간신히 매달렸을 때 쥔 밧줄이었다.

테드 창이 〈일흔두 글자〉에서 그리고 있는 세계는 이름이 강력한 힘을 갖는 세계다. 맞는 이름을 붙여주면 찰흙으로 만든 인형이 걷고, 난자로부터 생명이 출현한다. 그 세계에서 소년들은 명명학이라는 학문을 배운다. 명명학에 따

르면, '눈에 보이는 물질적 우주와는 별도의 어휘적인 우주가 존재하며, 어떤 물체와 그에 조응하는 이름을 결합하면 잠재된 힘이 발현한다.' 이것은 바벨탑 이전의 언어다. 테드 창은 번역가와의 인터뷰에서, 기호와 그 기호가 가리키는 대상 사이에 아무런 관련이 없는 인간의 언어를 넘어선, '그런 관계성이 고유성을 획득한 표상 시스템의 존재'를 상상하곤 한다고 이야기했다. 예를 들어 '사과'라는 말이 사과라는 물건과 분리되어 있지 않고, 그 말 자체로 사과를 가리킬 수밖에 없는 언어를 상상한다는 것이다.

그는 그가 책에 붙인 이름이 책에 생명을 부여하는 이름이기를 바랐을까. 혹은 그가 쓰는 언어가 이 세상에 생명을 부여하기를 바랐을까. 그는 이상적인 언어가 존재할 수 없음을 알면서도, 이 불완전한 언어로 놀라운 세상을 만들어냈다. 어찌 되었든 그가 만들어내는 언어의 조합이 사람들을 움직이고 있으니 그의 주문呪文은 일정 부분 성공하고 있다고 봐도 될 것이다. 내가 쓰고 있는 이 책에 그런 주문의 힘이 있을지는 모르겠지만, 그 힘을 믿지 않는다면, 도대체 이 글을 왜 쓰고 있단 말인가.

흔적 없이 사라지고 싶다는 욕망과 어떻게든 흔적을 남기고 싶은 욕망 사이에서 흔들린다. 타나토스와 에로스 사이에서 대롱대롱 매달린 진자처럼 움직이며, 혹은 양쪽을 향해 분열하며, 어떻게든 정지된 좌표를 구해보려 애쓰며 버틴다. 지금 당장 이 원고를 깨끗이 지우고 한순간도 없었던 사람이 되고 싶다. 그러나 누구에게도 그런 특권은 허락되지 않는다. 인간은 태어나는 순간부터 작은 흠집이라도 내며 사는 존재이기 때문이다. 어쩔 수 없이 분열하고 움직이며 무엇이든 쓰고 또 쓴다. 그렇게 겨우 그 시기의 내 자리를 찾는다.

지금의 내가 아주 작게라도 사람들에게 다른 것을 가리킬 수 있다면, 헵타포드의 언어처럼 새로운 방향의 표지판이 될 수 있다면 그것으로 충분하다. 내가 숙주로 삼고 있는 책들이 저 위에서 나를 굽어보고, 그래서 그 앞에서 한없이 작아지더라도, 그래서 아주 어색한 손짓발짓으로 서툰 이야기를 하더라도, 여기까지 읽어준 독자들이 있다면 그것으로 충분하다.

잠깐의 찬란한 가을을 넘기고 겨울을 맞이하고 있다. 봄의 한가운데서 태어났음에도 모든 것이 얼어붙는 계절에 익숙한 취향은 많은 것을 말해주지만, 나는 행간 사이에 숨어 가만히 쉰다. 어떤 책이든 잠시 멈추고 가만히 바라보면 글자보다 많은 의미가 여러분에게로 쏟아지리라고 믿는다. 그러면 밤새도록 오랜 친구를 만난 듯 이야기를 나눌 수 있을 것이다. 사실 그 행간에 아무것도 없더라도 아무런 상관이 없다. 여러분의 이야기가 행간을 채워주면, 그 책은 새로운 책이 된다.

활자 안에서 유영하기

리커버 1쇄 발행 2024년 5월 30일

지은이 김겨울

펴낸이 윤주용
펴낸곳 초록비책공방

출판등록 제2013-000130
주소 서울시 마포구 동교로27길 53 308호
전화 0505-566-5522 팩스 02-6008-1777

메일 greenrainbooks@naver.com
인스타 @greenrainbooks @greenrain_1318
블로그 http://blog.naver.com/greenrainbooks

ISBN 979-11-93296-28-8(04810)
979-11-93296-26-4 (세트)

* 정가는 책 뒤표지에 있습니다.
* 파손된 책은 구입처에서 교환하실 수 있습니다.